光文社文庫

竜になれ、馬になれ

尾崎英子

光 文 社

CONTENTS

1　九月一日

通学路の信号待ちが、いつもより焦《じ》れったい。

小さな交差点の角にある交番の、そっけない四角張った窓ガラスに目を移すと、水色のランドセルを背負ったショートボブの子と目が合う。あっ、自分だった、と気づくのに二秒くらいかかった。多めの前髪を指先で撫《な》でてみるもののうまく整わなくて、信号が青になるやいなや、ハルは横断歩道を駆けた。

二学期の始業式。長い一日だった。

校長先生の話を聞いている時点で、まだはじまったばかりの今日の残り時間を思って、ハルは途方に暮れた。その場にいるたぶん全員が早く終わってくれというオーラを発しているにもかかわらず、どうでもいいことをしゃべり続ける校長先生の呑気《のんき》さを許せる余裕なんてないどころか、透明人間になれるなら、後ろから膝《ひざ》カックンをしてやりたいくらいだった。

それが終わったら、避難訓練という地獄のような流れ。頭にのせた防災《ぼうさい》頭巾《ずきん》は食卓の椅子に敷《し》いているクッションシートみたいに分厚くて、首から上の暑さで息苦しくなる。六年生の教室がある三階から一階まで下りて、また校庭に並ぶって、いったい何の罰ゲーム？

太陽のテンションは高くなるいっぽうで、だだっ広い校庭には身を隠す場所もない。訓練なんて言ってないで、この暑さからクーラーがきいた部屋に逃げ込むべきでしょう。そんなことを訴える頭の中に、ミンミン蟬《ぜみ》の声が痛いくらい響き渡った。目の前がゆらゆらして、意識が遠のきそうだった。

みんな汗だくで、アチー、うぜえ、クソだ、とか文句たらたらでだるそうにしているけれど、この中でぜったいに一番暑いのはわたしだ。一人で勝手に全校生徒と張り合っていたら、今度はうるさい蟬の声が、急に遠くなって、体の真ん中がひんやりと冷たくなった。やばい、風邪の時みたい。冗談ぬきで、倒れるかも……そう思った。

でも、倒れなかった。

そんなにやわにはできていない。とはいえ体力があるというより、むしろ気力勝ち。心配かけたくない、先生にも、お母さんにも。

五時間目まで何とかやりきり、終わりの会が終了してすぐに、ハルは目立たないように教室をそっと抜け出した。のんびりしていたら友達と一緒に帰る流れになってしまう。それは避けたくて、階段を駆け下りた。

一日中友達の顔をまともに見られなくて、休み時間のたびにトイレにこもったり、水飲み場へ行ったり、図書の日でもないのに図書室に本を選びに行ったりしていた。一秒でも早くみんなの視界から消え去りたかった。

初日なのだからしょうがない。でも、こんなふうに明日も明後日《あさって》も続いていくのか……。砂漠の真ん中に取り残されたような気分って、こういう感じなのかもしれない。もちろん、行ったことはないけど。

マンションのエントランスに入ると、いつものように管理人のおじさんが「おかえりー」と挨拶《あいさつ》してきて、ハルは小さく頭を下げつつ急ぎ足でエレベーターへと向かった。

「いいね、髪切ったんだな」

ご機嫌な声が耳に届いても、聞こえないふりをした。

学校でも友達に「髪切ったね」とか「イメチェンじゃん」とか言われて、そのたびに、ああうん、まあね、とへらへら笑って返した。ちゃんとうまく笑えていたか、あまり自信がない。

エレベーターに乗って三階で降りると、ランドセルを右肩だけ外して内ポケットから鍵を取り出した。鍵には、タピオカみたいに丸っこいビーズを組み合わせた『ＨＡＲＵ』という名前のキーホルダーがついている。遊園地のショップでお母さんと一緒に作ったものだ。お母さんの鍵には、『ＭＩＣＨＩＫＯ』のキーホルダーがついている。気に入っているわけではなく、むしろちょっとダサいと思っているけど、お母さんが外《はず》さないから何となく外せないでいた。

日当たりが良すぎて熱気がすさまじいリビングを抜け、リビングほど暑くはないけれどむっとしている自分の部屋について、ふうっと息を吐きながらランドセルを下ろした。肩が軽くなったら、汗が噴き出す。エアコンを入れて冷蔵庫の中のカルピスウォーターを飲みたいところだけど、あまりのんびりしてもいられない。

ランドセルから筆箱を取り出して、塾用のトートバッグにそれを入れる。あと、キッズ用スマホも忘れずにショートパンツの後ろポケットに突っ込む。

時計を見ると四時五分。

駅近の塾まで自転車で十五分くらいだから、普通に下校したら、授業がはじまる四時半には間に合う……というのが、お母さんの立てたスケジュール。たしかに、間に合うかもね……冷蔵庫のカルピスウォーターをのんびり飲んだりしなければ。

塾の受付に置いてある自由に飲んでもいい麦茶を飲めばいいか……。

学校の授業に追いつけるようにと、五年の秋から塾に通いはじめた。学年が上がるごとに、学童に入る子が減っていく。五年生になると一人もいなくなった。みんな塾や習い事で忙しいし、少しくらいなら一人で留守番できるからだ。

ハルも学童をやめて、月曜と木曜は塾の日。受験のためではないし個別指導だから、そんなに大変ではないはずだよ、とお母さんは言っている。

受験するのに大きい塾に通っている子は、毎日ものすごくたくさんの宿題が出されていて大変、という話はよく聞く。それに比べれば、寝る時間を削ってするほどの量ではないし、できなかったとしてもたいして怒られない。

さっき脱いだばかりのスニーカーをまた履《は》いて玄関を出た。エレベーターのほうへ行きかけ、鍵をかけたかどうかわからなくなってドアに引き返した。

うん、ちゃんと閉まっている。なんでだろう。ちゃんと鍵を閉めていても、もしかして閉め忘れたかも、と不安になって必ず確めてしまう。でも、これまで一度も忘れていたことはない。それでも、やっぱり不安になってしまう。

エレベーターを待つ時間がもったいないからダッシュで階段を下りて、マンションの裏にある駐輪場に続くドアを飛び出した。

頭の中が熱い。それにかゆい。かゆくてしょうがなくて、こめかみや襟足《えりあし》を掻《か》きむしる。水色の自転車を押して駐輪場の門を出たときには、顔や首に汗の筋がいくつも流れていた。

向こうの空には山盛りの白い雲。雨になったらいいのに。ざあざあと降ってほしい。

自転車にまたがってペダルを踏み込んだ。三段階の変速機を一番重い『3』にして立ち漕《こ》ぎした。だんだん足が軽くなっていく。無風だった路地に風が舞い、汗だくの顔や首がひんやりして、するとまた頭の中がかゆくなった。

さっき家に帰った時に思いきり掻いてくれればよかった。かゆみって不思議だ。いったんかゆくなると、どんどん勢力を増してくる。心おきなく掻きむしるまで、その勢いは衰《おとろ》えない。

たまらなくなって自転車をいったん止めた。髪の毛の上から押すようにして掻いた。本当は両手でぐしゃぐしゃにしたいけれど、そうしないように、慎重に。

ああ、もう、無理！　冷静に考えても、無理だ。こんな状態で塾になんて行けない。ショートパンツの後ろポケットからスマホを引っぱり出した。

お母さんに言ってみよう。どうしてもかゆくて、塾どころじゃないの。ちゃんと言えばわかってくれるはず。発信ボタンに親指を乗せてみたものの、押せなかった。

学校や習い事を休みたいと親に言うのは、なぜだか苦手。本当に熱があって体がだるくても、休みたいとはっきり口に出せない。三十八度近い体温計を見せて、「こんなにも高い熱。今日はゆっくり寝てなさい」とお母さんに言ってもらえるとほっとした。

スマホをまたショートパンツの後ろポケットに突っ込んで、駅に向かいかけた自転車をUターンさせた。

一日くらい休んでもいいよね？

心の中の誰かに問いかける。今日塾でする予定のところを家でやっておけばいいよね？

一回分の授業料はもったいないけど。月謝は、たしか二万円と少し。二万円があれば何ができるのだろう。

少し前なら、もっと気楽に塾に行けていた。いつから行きたくなくなったのだろう。夏休み前？　六年になった四月？　勉強は嫌いじゃないし、むしろ算数や理科は楽しいくらい。だけど塾で先生と一対一で勉強していると、「ちょっと無理」ってなってくる。少しずつ「ちょっと無理」と思うようになって、一度そう思い出したら「ちょっと無理」が積もり積もって、今はそれに溺《おぼ》れてしまいそうなくらい、うまく息継ぎができない。

もしかしてわたしってダメ人間なのかも……。

自転車の前輪が、迷うように右へ、左へ、ゆらゆらと波を描いた。

片手で頭を掻きつつ自転車を押しているうちに、さっき出たばかりのマンションの前まで来てしまった。それでも駐輪場にも戻れず、何となくそのまま直進した。

頭がかゆいからなんて、塾を休む理由になるのかな。

ならないと、たぶんお母さんは思っている。今までと同じように、何も変わらずにいられると考えている。ううん、考えているというより、必死でそうしようとしている。

大丈夫よ、誰もハルが変わったなんて気づかない。ハルの気にしすぎだって。

そんなふうにこちらを説得しようとして、本当のところ、お母さんが自分に言い聞かせているのだろう……ってわかるくらい、わたしだって大人だ。

前に進んでいくタイヤを眺めながら、ハルは静かにふつふつと湧《わ》き上がってくる感情を抑え込むように唾《つば》を飲み込んだ。喉《のど》の奥が狭くなったように痛んだ。ツルツルになっているタイヤに、何かがくっついているのが見えて立ち止まる。ガムだった。スニーカーのつま先でタイヤを削《そ》いだら、今度はスニーカーの裏にそれがくっついて、アスファルトにこすりつけた。

このスニーカーもきつくなったけれど、新しいのを買ってほしいと言えないでいる。靴を買えないほど貧乏なわけではない。少し前には簡単に言えたのに、この頃になって、言いにくくなった。

どうしてだろう。わたしって気を遣いすぎ？　みんなはどうなんだろう？　どんどん親に言えないことが増えていく。

自転車のタイヤがどこかの店の看板にぶつかりかけて、慌《あわ》ててハンドルを切った。絵を描くキャンバスを立てかけるスタンドみたいな形の看板を見る。

『Ｈｕ・ｃａｆｅ』

フ・カフェ？

頭の中で読むと、店のマークらしいイラストが目に入る。女の子が描いたような優しいタッチの、将棋《しょうぎ》の駒の『歩《ふ》』だった。かわいい。思わず手を伸ばしてそれに指先で触れてみる。

ステンドグラスがはまった木の扉の、左右がガラスになっているところから中が見えた。

テーブルと椅子があるから、たしかにカフェらしい。奥のカウンターに目を向けると、青い布を頭に巻いた女の人がいて、目が合った。慌てて目をそらそうとしたら、いきなり手を振られた。

えっ？

驚いた目で問い返したハルをどこか面白がるように笑って、その人は手招きした。顔の横で右手の指先をくいくいっと小刻みに動かすように。

お客さんがいなくて暇《ひま》そうだし、おいでってことだろうか。戸惑っているうちに、女の人がこちらに近づいてくる。木の扉が開いて女の人が出てきた。

「この通り、バスが通るから」

女の人はハルの自転車を店のほうに引き寄せた。

「あっ……すみません」

「ううん。おうち、近くなの？」

にっこりとやさしく微笑《ほほえ》まれて、魔が差したのかもしれない。

「指せるんですか」

女の人の質問に答えず、ハルはそう訊《き》いていた。将棋、という意味でピースする指をくっつけた形で見せると、

「わたしが？」

女の人は自分の鼻を指差した。

「将棋の『歩』ですよね？」

「ああ、そうね」

自分の勘違いに気づいて笑うように言って、女の人は一つ頷《うなず》いた。

「将棋教室なんですか」

「カフェよ。でも、指せる。将棋できる？」

「……まあ」

「一局《いっきょく》どうですか」

「でも、お金が……」

女の人はゆっくり瞬《まばた》きしながら、首を横に振るので、ほんと？　という気持ちで前のめりになった。でもやっぱり、どうしよう……と視線を泳がせていたハルに、どうぞ、と女の人は声をかけて、ドアを開けたまま店の奥に入っていく。

そして、何かを思い出したように、こちらを振り返った。

「あっ、ねえ。好きな駒は？」

いきなりの質問に、ハルは俯《うつむ》きかけていた顔を上げた。

好きな駒……って、そりゃ、と考えてから答えた。

「飛車《ひしゃ》」

そう答えると、その人はとても嬉しそうな顔になった。ずっと会いたかった人にやっと会えたような、そういう表情で、

「そうなんだよね」

と、言うのだった。

うん？　そうなんだよね？　ってどういう意味だろう？

意味がわからなかったけれど、いいんだ、と思えた。何がいいのかもよくわからない。

ただ、この店に入ることは許されている。

そうして、ハルは一歩、足を踏み入れた。

2　八十一のマス

「適当に座って」

そう言われたものの、本当に座ってもいいのかなと不安になってあたりを見回した。テーブル席が三つに、正面に白いタイルでできたカウンターがあって三つの細長い椅子。図工室みたいな木の匂い。新しい店なのかな。

こういう店に入る時は、いつも大人が一緒だ。一人で知らないお店に入ったことがないから、どんなふうに振る舞っていいのかわからない。

「立ったまま指す？」

カウンターのそばに置かれた棚から、女の人は将棋盤と駒袋《こまぶくろ》らしきものを取り出すと、カウンターのそばのテーブル席に座った。盤に駒を広げる。本当に一局するんだ。ハルもその向かいに腰を下ろした。

「名前は？」

将棋の盤に駒を並べつつ、その人は訊いた。

「橘《たちばな》です」

隣の席にバッグを置き、ハルは小さな声で答えた。

「下の名前は？」

「ハル」

「わたしは夕子《ゆうこ》。ハルちゃんのおうち、近くなの？」

「すぐそこのマンションです、茶色っぽい」

「そっか。勝手にお店に誘い込んじゃって、お母さんに怒られちゃうかな。でも、一局くらいならいいよね」

夕子さんは細い指先で駒をつまんでは、決められたマス目に置いていく。きれいな爪に小さな石が光っている。

「大丈夫……だと思います」

「駒の動かし方は知ってるんだよね、飛車が好きなくらいだから」

「学校の将棋部に入っているんで」

「へえ、すぐそこの小学校？」

「そうです」

「部活でやってるってことは、けっこう強いんだ」

「全然。めっちゃポンコツなんで」

生真面目《きまじめ》に言い返し、ハルはこめかみを掻いた。カラッとひんやりとした空間に入ったら汗が引いて、少しかゆみが治まった気がする。

「ポンコツってことはないでしょう」

夕子さんはおかしそうに笑う。

「いや、ほんとに。低学年の子に負けるし、そもそも将棋部に入ったのだって……」

そこまで言ってやめた。

「入ったのだって？」

えっと、何でも……とごにょごにょ言いながら、ハルも歩を並べた。

ポンコツで間違いない。ハルは将棋部の中でも真ん中よりちょっと下で、強くなりたいけれど、思うようにランクアップできていない。

「お姉さんは、駒の動かし方は知っているんですよね？」

考えてみると、大人の女の人と将棋を指すのは初めてだった。もう卒業したけど上の学年に女子がいたし、将棋の大会でも他校の女子と対局したことがある。でもそれは小学生だ。部活で教えてくれるボランティアの先生は全員男の人だし、大人の女の人に相手をしてもらったことがなかった。

「わたしも駒の動かし方はわかっているわよ」

はい、これ、と夕子さんは『王将《おうしょう》』をこちらに置く。将棋は基本的に、お互いに同じ駒を使って対局するけれど、王様となるものは、『王将』と『玉将』に分かれていて、棋《き》力《りょく》が高いほうが『王将』を持ち、格下《かくした》のほうが『玉将』を持つことになっている。遠慮したほうがいいのかなと思ったけれど、実際こっちのほうが強いかもしれないし……とハルは一番下の中央に置いた。

このお姉さん、将棋が強いのかな。

いつも指している大人は、おじさんやおじいちゃんだ。考えてみれば、なぜだか男の人が多い。そういうものだと思っていたから、このきれいな女の人と将棋がうまく結びつかなかった。そんなハルの心をよそに、夕子さんは自陣の飛車と角行《かくぎょう》という大駒を両手でつまみ上げた。

「これ、外そうか？」

駒を落としたほうがいいかと提案されているのだ。力量に差がある場合、上手の駒……たとえば、飛車や角行といった大駒を外して対局することがある。駒を落として力のバランスを取るということ。

「えっ……大丈夫です」

駒を落とそうか？　そんなに自信があるの？　もしかしてものすごく強かったり？　と考えながらも、やっぱり初対面でハンディキャップを付けられたくなかった。ポンコツなりのプライドがある。

「じゃ、平手《ひらて》ね。先手はハルちゃん？　振《ふ》り駒《ごま》？」

「振り駒で」

「わたしが年上だから振るね」

夕子さんは自分の陣地の歩を五枚取ると、手の中で軽く振って盤上に落とした。面の『歩』が二枚、裏返って『と』になっているのが三枚。

ハルが先手となる。

「では、よろしくお願いします」

夕子さんはピンと背を伸ばし、腰を折るようにして頭を下げる。

「よろしくお願いします」

ハルもぎこちなく頭を下げながら、すでに視線は盤を向いていた。

八十一のマス目に、すべての駒が行儀よく並んでいる。初めての人との対局だし緊張する。

一手目角道《かくみち》を開けるほうがいいんだっけ。頭では迷っているのに、すぐに指さないと弱いと思われそうで焦《あせ》って飛車を横に動かした。

6八飛車。

先に角道を開けたほうがよかったんだっけ。指してから後悔したが、将棋は指を離してから指し直すと反則。

な。

四間飛車《しけんびしや》にして、美濃囲《みのがこ》いにしよう。慣れた定跡《じようせき》で攻めよう。

後手の夕子さんは、飛車先の歩を進め、銀を伸ばしてきた。居飛車《いびしや》で来るつもりなんだな。

夕子さんの指し方には迷いがなかった。何度も読んだ物語をすらすらと朗読するみたいに、落ち着いていた。

道が開かれた角は大きな翼を伸ばすように、ハルの陣地に飛んでくる。くるりとひっくり返って無敵の『馬』になる。というのは、もともと斜め方向ならどこまでも動ける角行は、さらに上下左右のひとマスも動ける自由を手に入れるのだ。軽《かろ》やかに『馬』に変身したと思うと、また自分の陣地に戻る。

この人、上手いのかも。

平手にしてくれと言ったのに、負けたら格好悪すぎ。こちらのほうが攻めている気がするのに、夕子さんは少しも焦っていない。

夕子さんの角の睨《にら》みの上にハルの竜があることに気づく。あっ、やばい、取られる。でも夕子さんは気づいていないのか、角ではない駒を進めた。

助かった、とハルは竜をずらした。

中盤ではお互いの守りを崩し合いながら、最終的には、ハルが持ち駒の金で相手の玉を追いつめた。

「参りました」

夕子さんが頭を下げる。

長いせめぎ合いの末に勝てたので、ハルは自分の顔が赤くなるのを感じながら、

「けっこう、強いですね」

小鼻を膨《ふく》らませて言った。お世辞ではなく、素直な感想だ。勝てたのが不思議なくらいだった。いえいえ、と夕子さんは顔を上げて、少しだけ口の端を上げた。

「将棋部、女の子は何人いるの？」

「女子は、わたしだけ」

その答えを予想していたように、夕子さんは表情を変えずに頷いた。

「最近では女性が増えたといっても、まだそんなものよね」

夕子さんは将棋に詳しいのだろう。クラスの友達はもちろんお母さんも指せないので、大人の女の人と将棋の話ができることが新鮮だった。

「あっ、ごめんね。お水も出してなかった」

「えっと……おかまいなく」

「今の小学生って大人っぽいことを言うのね」

「いやもう、ほんと」

遠慮すると、ますますおばさんみたいな言い方になってしまう。

「ちょっと変わったゼリーがあるんだよ」

そう言って、夕子さんはおもむろに立ち上がりカウンターの中へ入っていく。

「でも……えっと」

「お金ならいらないからね」

たとえば友達の家でも、お菓子や飲み物をごちそうになったらお礼を言わないといけないので、お母さんに報告することになっている。ということは、ここでも何かをいただいたら、お母さんに言わなくちゃ。

でもダメだ、言えない。塾を休んだうえに、一人でお店に入ったなんて言ったら激怒されるに決まっている。そんなことを考えながら、ハルはこめかみを掻いた。

「あのね、さっきから気になっていたんだけど……大丈夫？」

顔を上げると、カウンターに立っている夕子さんが心配そうにこちらを見ていた。

「えっ」

「ずっと、掻いているから」

夕子さんが自分のこめかみあたりを掻く。

「あっ……これは」

「汗をかいて頭がかゆいんでしょう。今日はとくに暑いものね」

夕子さんは壁についているリモコンのボタンを操作した。空調の温度を下げたのか、天井のエアコンが唸《うな》り声を上げて冷気を吹き出した。

「暑いっていうか」

「だって、四十度近いんだってよ」

夕子さんはお盆を運んできて、まずお茶の入ったグラスを、その隣に淡いピンクのゼリーが盛られたガラスの器と小さなスプーンを、とても慎重に、丁寧《ていねい》に並べる。

この人なら、お母さんみたいに足でドアを開けたりしないんだろうな。そう思ったら、ふと、心のどこかが開いた感じがした。

「これね……」

「うん？」

夕子さんは目で問いかける。

「これ、ウィッグなんです」

案外すんなりと言えたことに、我ながら驚いた。

いまだにウィッグという言葉が自分の中になじまないのに。今日ずっと同級生に髪の毛がおかしいと言われるんじゃないかと不安でしょうがなかったのに。

よく知らない人だからこそ、なのかもしれない。嘘をつかずに済んだ。そのことに、ハルはほっとしていた。

「食べても、いいですか？」

こちらの髪をじっと見ている夕子さんに訊いた。

「もちろん。トマトのゼリー」

夕子さんは、そう言ってから、頬を緩《ゆる》めた。

掬《すく》って食べたら、舌がひんやりとした。そういえばものすごく喉が渇いていたんだった。甘みの中に青っぽさがある。二口で食べてしまい、お水も一気に飲み干した。

「ねえ、ターバンを巻いてみない？」

「ターバンって？」

聞き返したら、夕子さんは自分の頭に巻いている青い布を指差した。

「頭の中、いっぱい汗かいているのよ。頭皮はとくに汗かきだから」

「そうなんですか？」

「そうよ」

夕子さんの肌は、汗なんてかきそうにないほど白い。頬もやわらかそう。洗い立ての給食着に似ていると思った。給食着はとても不思議な布だ。染《し》みが付いても洗えば真っ白になっている。ただ干しただけでさらりと乾くから、アイロンをかけなくていいわってお母さんも言っていた。夕子さんは給食着が似合いそうだ。

「でも無理……変ですよ」

「そんなことないよ」

夕子さんはそう言い残してカウンターの奥の、カーテンで仕切った向こう側へ入っていった。

あんな布を巻いている自分の姿が想像できなかった。夕子さんみたいな大人の女の人がすればオシャレだろうけど、給食当番の三角巾も似合わない自分が巻いたら変に決まっている。

そもそも、ハルはいつもズボンだし、ピンクよりも紺や緑が好き。

すると、夕子さんは無地の淡いピンクの布を手にして戻ってきた。

「これなんて、どうかな？」

「……きれいだけど」

「もちろん、いやだったら勧《すす》めない。でも、悪くないと思うけどな」

似合うわけない、という思いでハルは弱々しく笑ってみせたが、夕子さんは笑顔で二度頷く。きっと似合うよ、という意味なのだろう。

「じゃあ……ちょっとだけ？」

甘えてもいいんだと思えることが、自分でも不思議だった。お母さんよりも若い、お姉さんという人だからだろうか。これまで、そういう人とほとんど接したことがなかった。

「巻くには取らなくちゃいけないけど、かまわない？」

たしかにウィッグを外さなければ、ターバンを巻けないわけで、禿《は》げている頭を見られるのは恥ずかしいと思いつつ、ハルは素直に一つ頷いた。

夕子さんに案内され、カーテンをくぐって奥へ入った。

そこは薄暗くて、物置のようになっていて、古い木の狭い階段があった。おばあちゃんの部屋みたいな、埃《ほこり》っぽい匂い。上のほうにある小さい窓から白い光が、ふんわりと室内を照らしていた。

座って、と手で示されて、ハルは下から三段目に座り、背後で膝をついた夕子さんを振り返った。

「めっちゃ変なんです……笑えるくらい」

「笑わないよ。約束する」

夕子さんは、まっすぐにこちらを見て頷く。

ハルは覚悟を決めたように前を向いて、そっとニセモノの髪とインナーを外した。

熱くなっていた頭のてっぺんを風が撫でて、本物の髪の毛がふわりと逆立つのを感じた。

気持ちがいい。ようやくまともな呼吸ができたことで、全身の筋肉が緩んだ。その心地よさのすぐ後に、どうしようもない恥ずかしさでまた体の真ん中あたりがぎゅっとなる。

変な髪だよね？　本当に、笑ってない？　ハルはもう一度、そっと後ろを向いた。

夕子さんは笑っていなかった。

「頭、こっちに向けて……ここだけ、髪がないのね」

「どんどん髪の毛が抜けていくの」

小児脱毛症《しょうにだつもうしょう》、というものらしい。

前髪から頭頂部にいくつか丸い禿げができて、それが広がっていった状態だった。それ以外の部分は、横や後ろの髪の毛はふさふさしている。だからウィッグを取ると、髪の毛のないところは一気に乾いて涼しくなり、髪がある部分は汗で冷たくへたる。

「ちょうど目立つところなんだね。わたしも一度、円形脱毛症にはなったことがあるから」

「そうなの？」

驚いて振り返ったハルだったが、ほら、前向いて、と夕子さんに首の向きを直される。

「美容院で髪を切りに行った時に見つけられたの。自分ではまったく気づかなかったからびっくりしたし、ショックだったよ」

「今は？」

「もう治った」

「どうやって？」

「皮膚科に三、四カ月通ったかな。でもわたしの場合は後ろのほうだったし、髪で隠せたし、そんなに意識せずに済んだこともあって、知らないうちにね。でも立ち止まるきっかけにはなったの。生き方を変えないとダメだって……」

生き方ってどういう意味だろう。知りたかったけれど、まあ、それはいいんだ、と夕子さんがさらっと流してしまったので、それ以上訊けなかった。

「禿げるにしても、せめて後ろだったらよかったのに」

よりにもよって目立つ前髪あたりに症状が出たのは、不運としか言いようがない。

「自分で気づいたの？」

ううん、とハルは首を横に振る。

「お母さん。髪を乾かしてくれている時に」

たしか見つかったのは、ゴールデンウィークが終わった頃のことだった。

それから皮膚科に行って、何軒も病院を変えて、いろんな薬を服《の》んだ。薬が合わなくて足や顔がパンパンになることもあって、そのたびにお母さんに泣かれた。本当はこっちだって泣きたいのに、お母さんに泣かれると申し訳ない気持ちが大きくなりすぎて泣けなくなった。原因がよくわかっていないことも、泣くに泣けないような気持ちにさせているのかもしれない。

「抜けているところ、カブトムシの幼虫みたいで、気持ち悪いでしょ？」

「気持ち悪くないけど、地肌が出ているせいかけっこうかゆいんだよね。ウィッグを着けていたら余計よ。いつから？」

「学校に着けていったのは、今日がはじめて」

夏休みの間にお母さんと一緒にお店に行って、いろんなのを試着して、これにした。一番、自然に見えるやつ。

「そっか、今日から二学期なんだね」

新学期から着けていけば大丈夫だよってお母さんに言われて、自分なりに覚悟を決めてウィッグで登校したけど、正直なところ、すぐにばれると思っていた。あれ、かつらじゃん、って誰かに指をさされるところばかり想像していた、この夏休みの間、ずっと。だけど、お母さんが言ったとおりだった。誰も何も気づかなくて、ほっとしたけど、なんだかそれもそれでもやもやした。

「できたよ」

夕子さんにトイレに連れて行かれて、鏡で確かめた。長い布で頭を覆《おお》っている、見慣れないかっこう。余った布を片方の肩に流していてかわいい。自分で言うのもなんだけど、けっこう似合っている。

「巻いていても暑苦しくないでしょう」

うん、とハルは頬を膨らませるように微笑んだ。

「気持ちいい」

よかった、と夕子さんも目を細めた。

「また遊びに来てくれない?」

「いいんですか？」

鏡越しに夕子さんを見た。

「うちは残念ながら、すっごく暇《ひま》なお店なの。だから、来てくれると嬉しいんだ。また頭に巻かせて……あっ、でも、ちゃんとお母さんには、ここに来ることを言って。ダメだって言われちゃったらしょうがないけど」

「ダメじゃない！」

ハルは思いきり首を横に振ってから、たぶん……と小さく付け足した。


その店を出た後、塾には自分で休むと電話した。塾があることを忘れて休んだ時には、塾の先生から家に連絡は来なかったけれど、個別指導なので心配して電話をしてきそうだから念のため。

お母さんには、これ以上心配されたくなかった。

禿げてしまった原因ははっきりしていないものの、おそらくストレス性だろうというのがお医者さんの診断で、自分では何をストレスに感じているのか心当たりがないのに、お母さんはあれかもしれない、これかもしれない、とあれこれと考えている。塾を勝手に休んだと知られたら、お母さんは今よりももっと深刻に悩んでしまう。そして悩みすぎて、イライラするだろう。

いったい何が嫌なのか教えて？　と泣きそうな顔で訊かれると胸が痛くなった。嫌だなと思うことは、たしかにある。でも、そんなのは誰にだってあるだろう。たとえば、大きな地震や大雨があった時に、体育館にたくさんの人たちが布団を敷いて寝ているところがテレビに映っていると、「被災した人たちは大変よね。温かいご飯やお風呂やお布団があることを、ハルは感謝しないといけないよ。わかるよね」と、お母さんは話したりする。

そのとおりだと思う。もしもストレスで髪の毛が抜けるなら、そういう人たちの頭はみんなつるっ禿げになってしまうだろう。

だから、自分だけ嫌なことがあったからといって髪が抜けるのはおかしい。そう思う一方で、お母さんが言うように、自分のつらさを他と比べて、たいしたことではないと思い込もうとすると、体の奥のほうのどこかが疼《うず》く。

そういう素直な気持ちを伝えられたらいいのかもしれないけれど、うまく言葉にできない。

お母さんだけではなく、親友のコッシーこと、越田梨々香《こしだりりか》にさえ、髪の悩みを言えていない。ねえ、ちょっとこれ見てよ、と軽い調子で脱毛していることを打ち明ける場面を何度も頭の中でやってみて、よし、明日こそ、と思うのに、言えていない。

言えないどころかどうしてもばれたくなくて、禿げているところを黒のマジックペンで塗ってごまかしていた。そのまま夏休みに入ったから、ウィッグを被っていることも言えず、今朝だって、ハル髪切ったんだねーと言われ、うんそうそう、って言ってごまかした。コッシーなら笑ったりしないと思うけど、やっぱり怖かった。禿げてかわいくない友達はいらないって捨てられてしまうかもしれない。それはきつすぎる。

夕子

いい匂いがする、と思ってうたた寝から覚める。

たぶん大好物の、だし巻き卵を焼いている。カウンター席みたいなところで眠っていると、そばで、誰かのおしゃべりや笑い声がする。それがあまりにも心地よくて、半分夢の中にいながら、まだ目覚めたくない。

右手の中に何かを握りしめていることに気づく。たしか、とても大切なものだった。

「これは大事に可愛《かわい》がりなさい。それは夕子ちゃん自身だから」


目を開けた。

見慣れた自分の部屋のベッドからの景色を見て、さっきまでいたあの場所が夢だったのだとわかった。夢の中でうたた寝をしていたせいか、何だか久しぶりに深く眠れたような穏やかな心持ちだ。

目覚めて数秒だというのに、さっきまでいたあの場所の記憶が曖昧《あいまい》になっていく。

すごく気持ちのいい場所だった。もう少し眠っていたかったのに、と夕子は布団を抱えるようにして横向きになる。起きたてのつま先でシーツの冷ややかさを確かめながら、消えていこうとする夢をまさぐる。

何か大切なものを握っていて……誰かが声をかけてくれて……。

寝起きの少しむくんだ右手をゆるりと開き、夢の中の感触を思い出そうとしたものの、美しい砂浜の砂が指の隙間《すきま》からこぼれていくみたいになくなってしまい、しょうがなくその手で気だるく目をこすった。

まあいいか、夢のことなんて。

そっと起き上がってベッドから立ち上がろうとしたら、軽く足元がふらついた。よく眠れたほうだと思ったが、慢性的《まんせいてき》なだるさは取れていない。背骨のきわにこびりついている分厚い凝《こ》りのせいで、ずっと首の後ろあたりが重い。

冷蔵庫からペットボトルのミネラルウォーターを出して、マグカップに注いで飲んだ。流しのそばに置いたガラスボウルのラップをめくり、積み重なったマドレーヌに指を伸ばしかけ、でも食指が動かなくてやめた。

ここ最近、空腹感というものがわからなくなっている。いつ頃からだろう。ああ、お腹減った、おいしいもの食べたい、という気持ちにならなくなったのは。

もちろん何かを食べたいという欲求がないわけではなく、ラーメンを食べたいと思って、わざわざ足を延ばして目当てのラーメン屋に行くこともある。だけど、それで完全に満たされることがない。

ずっと以前、まだ子供と呼ばれた頃かもしれないが、ああ、お腹減った、おいしかった、ごちそうさま、ですっかりと満ち足りた気持ちになれたものだった。もしかすると空腹感がわからないのではなく、どこまでも空腹なのかもしれない。何を食べても、どんなに食べても、どこかが満たされていない。そんな感じがしている。

だからなのか、お腹が減っているのかいないのかもわからない感覚なのに、お菓子作りばかりしている。当然ながら一人では食べきれないから、せっせと誰かに配って食べてもらうしかなかった。

カルシウムのサプリメントをラムネみたいに齧《かじ》りながら、ダイニングの小さなテーブルで詰将棋《つめしょうぎ》に向かう。たいしてひねりのない十七手詰めは数分ほどで解けて、もう一問しようと思ったけれど気が乗らなくてやめた。花屋に寄らないといけないのだと思い出して、シャワーを浴びることにした。

ストンとしたワンピースを着て、ハイソックスを穿《は》く。肩の下まで伸びた髪は低めのポニーテールにするだけで、化粧にしても日焼け止めを塗《ぬ》って眉毛を描いて少しチークをつければおしまい。仕事の時には隙《すき》を作らないように自分を作り込んでいるからこそ、普段はできるだけ気負わないように心がけている。意識的にそうしないと、ずっと戦闘モードのスイッチが入ったままで気が休まらなかった。

春めいた陽気だった。それでもまだ肌寒くて、厚めのカーディガンを羽織《はお》る。途中で花屋に寄って、予約しておいた花束を受け取った。赤いチューリップを中心にアレンジしてもらったので、思っていたよりもボリュームがあり、持って電車に乗るのが少し恥ずかしいくらいで、まばらに席が空いていたがドアの脇に立った。

どこかの大学の卒業式でもあるのか、袴《はかま》姿の若い女性グループが楽しげに笑っていて、夕子はそれから目を背けるように前を向いた。

大学卒業なら、二十二くらいか。つい数週間前に三十になった自分とは八つほど違うだけなのに、ずいぶんと自分が老け込んでしまったかのように、彼女たちが遠くの存在に思えた。

郊外へと向かう車窓の景色を眺めながら、今朝の夢をぼんやりと思う。もう思い出せないくらいおぼろげなのに、何かを手に握っていた、その感覚だけはまだ手のひらに残っている。少し前にも同じ夢を見たのかもしれない、そういう懐《なつ》かしさがあった。

八王子《はちおうじ》駅も春の日差しが降り注いでいるものの、コートを着て来るべきだったかなと少し後悔するくらいには風が冷たかった。せめてストールくらい持って来るんだった。うっかりしたな。六年前までここに住んでいたというのに。大きめの花束を抱くようにして足早に進んだ。

インターフォンを押すと、はーい、と姉、清子《せいこ》の声が応《こた》えた。

「おかえり」

玄関ドアを開けて、姉はいつもの笑顔でそう言う。洗い物をしていたのか、右手だけピンク色のゴム手袋を着けていた。

「ただいま」

おかえりと言われてもここが自分の帰る場所だとは思えないが、ここはたしかに実家なので、夕子もそう言って中に入る。

「きれいね」

夕子の持っていた花束に、清子は目を向ける。

「やっぱり、赤かなと思って」

「そりゃ赤よ。それより夕ちゃん、ずいぶんと寒そうなかっこうして」

黒いタートルネックのセーターを着ている姉は、自分の首元あたりを指差しながら妹を見る。

「家を出た時は春っぽいなって思ったんだけど」

「中央線は一寺一度《いちじいちど》下がるっていうでしょう」

中央線沿線に住む人間なら聞いたことのある一寺一度というのは、新宿《しんじゅく》を起点に西に向かって「高円寺《こうえんじ》」「吉祥寺《きちじょうじ》」「国分寺《こくぶんじ》」「八王子」と「じ」がつく駅ごとに気温が一度下がるというものだ。夕子が今住んでいる高円寺に比べて、ここは三度低いということになる。あくまでも肌感覚だが、けっこう外れていない。

「パパは?」

「まだ自分の部屋」

清子はそう夕子に答えてから、夕ちゃん来たよーと、奥に向かって大きな声をかける。おう、とくぐもった返事が聞こえると、トイレみたいね、と言って階段を上がっていった。

姉の後に続いて階段を上がると、対面式のキッチンに立つエプロン姿の吉彦《よしひこ》の姿があった。

「夕子ちゃん、お久しぶり」

人の良さが滲《にじ》み出た垂《た》れた目尻に皺《しわ》を寄せて、義兄は団扇《うちわ》を持った右手を上げてみせる。ちらし寿司でも作るのか、お櫃《ひつ》にご飯がたっぷりと入っていた。

「ご無沙汰《ぶさた》しています」

吉彦の足元近くのフローリングに、六歳になる一輝《かずき》が座り込んで図鑑のようなものを開いていた。

「かずくん、夕ちゃんだよ。ご挨拶して。っていうか、こんなところで本読まないで、あっちのソファのところに行きなさい」

と、母親である姉が促《うなが》すと、こちらに顔を向けて、糸の切れた操り人形みたいに首をカクンと垂れて頭を下げるが、移動する気はないのか、その場でまた本に向き直った。

「これ、お土産《みやげ》っていうほどのものではないけど、マドレーヌ焼いたから持ってきた」

適当な紙袋に入れてきたそれを、夕子はカウンターの端っこに置く。

「うれしい。夕ちゃんが作るお菓子おいしいから」

それも預かるわ、と清子は夕子の腕から花束も受け取り、キッチンの奥へ持っていく。

夕子の部屋とは違って広い食卓には大人の椅子が四脚、子供用が一脚並べられている。ラップがかけられたマカロニサラダと唐揚げとトマトソース系の何か、取り分け用の小皿とお箸《はし》とタンブラーがセッティングされていた。

「手伝うよ」

夕子は壁際にバッグを置いて、脱いだカーディガンを小さく畳《たた》んでその上に置く。

「そんなにやることないから、座ってて」

座っててと言われても落ち着かないなと左右を見回して、大事なことに気づく。

「ママに挨拶しないと」

「先週にお墓参りも行ったよ」

「ありがとう。ごめんね、何から何まで」

「いいのよ、夕ちゃんは忙しいんだから」

そう言われると、夕子は何も言えなくなる。ソファの隣にある棚の上に置かれた、小さな観音開《かんのんびら》きの仏壇の前に立ち、供《そな》えられた線香を一本取ってライターで火をつけた。写真立てに飾られた母に向かい合うと、自然とこちらも笑顔になる。薄いグレーのチェックの布で頭を巻いた母は、カメラから少し外れたところを向いて笑っている。背景に見えるのは、グラスや客がキープしている焼酎《しょうちゅう》のボトルが並んだ棚で、かつてこの家の一階にあった店のカウンターに立っているところを撮《と》られたのだとわかる。きっと常連客がシャッターを切ったものだろう。現像したからあげるわ、ともらったのかもしれない。あの店には気心の知れた常連さんが多かったから。

整理されていない写真を放り込んでいた煎餅《せんべい》の缶から見つけ出したこの写真が、とてもママらしいと言って、姉はここに飾っていた。

たしかにママらしい。

去年で十三回忌だったが、それだけの年月を母に会わないで過ごしてきたという実感が持てないくらい、夕子の中にはいまだに母の存在が大きい。分け隔《へだ》てなくおおらかで、それでいて頭のてっぺんを糸で引っ張られているかのように姿勢正しく立っている母が、いつも胸のあたりにいる。

「唐揚げか、うまそうな匂いだな」

その声で合わせていた手をほどいて振り返ると、父がリビングに入ってきた。手持ち無《ぶ》沙汰《さた》なように両手を揉《も》んでいたが、夕子と目が合うと、敬礼するように片手を額の前にかざした。

「あれ、赤いちゃんちゃんこ着ないんだ？」

白っぽいシャツを着ている父を見て茶化すと、バカ、とぶっきらぼうに返される。元気そうだが、少し白髪《しらが》が増えたようだ。

「どうだ、忙しいのか」

「最近は、そんなに」

わざと話を変えるように、父が訊く。

「そっか」

短く答えたら、父もそれ以上踏み込んでこなかった。

「パパは、どうなの？」

「こっちもボチボチだな。景気が悪いから、たいした実入りにならん」

「タクシーの運転手って定年あるの？」

「うちの会社は、六十五だ。その後もどこかで雇ってもらえたらいいんだが」

父は冷蔵庫を開けると、缶の発泡酒を三本取り出して食卓に並べる。

「定年後はゆっくりしてもいいじゃないの。一輝も小学生になるし、家におじいちゃんがいてくれたほうが安心だもん」

ねえ、と清子が隣にいる吉彦に同意を求めると、そうですよ、と吉彦もしきりに頷き、ちらし寿司の入ったお櫃を両手に持ってくる。

「とりあえず乾杯しちゃおうよ」

吉彦がそう言うので、夕子は発泡酒を開けてタンブラー四つに注いだ。清子は一輝のためにプラスチック製のカップに麦茶を注ぎ、全員に飲み物が行き渡ったところでグラスを掲げ、

「じゃあ、パパの還暦《かんれき》のお祝いってことで」

と、それを合図に乾杯する。そのあっさりとした始まり方も、誰の負担にもならないようにという姉らしい気遣《きづか》いによるものだ。

頭が上がらないわ。

姉と吉彦さんは大学の同級生で、六年の交際を経て結婚した。二人の間にどのようなやりとりがあったのかはわからないが、姉は結婚を決めると同時に、実家をリフォームして同居しようと父に掛け合ったらしい。当初、父は首を縦《たて》に振らなかったようだ。新婚の邪魔をしたくないとか、住み慣れた家を改築したくないとか、お金もかかるだろうとか。でもけっきょくはさほどこじらせることなく姉夫婦と同居することになった。こんなふうに父のお祝いの席を企画してくれるのも、姉たちだ。

自分が呑気に一人暮らしできるのは、清子のおかげだ。父のことだけではない。リビン

グの一番いい場所に仏壇を置いてもらえて、母も喜んでいることだろう。

いつもごめんね、と夕子が言うと、いいのいいの、と清子は軽く受け流す。いいのよ、だってわたしは長女だし、夕ちゃんは大変なんだから、と。

六つ上の姉は、子供の頃からしっかり者で、忙しい両親に代わって妹の面倒を見てくれていた。姉が友達と遊ぶ時も、夕子をまぜてくれた。ゴム跳びをしても大縄をしてもバドミントンをしても、小さい妹も一緒にできるようにしてくれていた。

いまだに自分はみそっかすのままだ。

いいのよ夕ちゃんは、と言ってもらえるのは、それなりに期待されているからであり、その期待にせめて応えなくてはと、これまで人知れず自分に課してきた。

だから今は、申し訳なさがひとしおだった。

だって、期待に応えられていないから。

発泡酒の缶が五本空《あ》いたところで、父に花束とプレゼントを贈った。夕子が赤いチューリップの花束にしたように、姉もまた、赤いポロシャツを選んでいて、「ちょっと派手じゃないか」と父は照れ臭そうにしながらも喜んでいた。

「そういえば少し前に米倉《よねくら》先生の教室に行ってきたのよ。一輝もそろそろ将棋ができるかなって」

息子の口を小さなタオルで拭きながら、清子は向かい合う夕子に言った。

「そうなの？」

「でも、全然ダメだった。米倉先生が駒の動かし方を説明しても、この子ったら、まったく興味なしなんだもの。まだ早かったかなって言ってくれたけど、教室には一輝と同じ年の子もいてそれなりに指せていたのよ。さすがわたしの子だね、きっと将棋に向いていないんだなと思って」

冗談めかして姉は笑った。

「はじめる時期は、それぞれだよ。わたしだって八歳でしょう。六歳の時なら、全然やらなかったかもしれない」

「いいや、夕ちゃんなら何歳からでもできたよ。わたしとは食いつき方が全然違った……って思わない？　パパ」

まあな、と父は頷く。

「食いつきはよかったな」

父の言葉に、そうですか、と吉彦も感心したように相槌《あいづち》を打った。

「清ちゃんはさ、別に将棋じゃなくてもよかったんだよ」

姉は何でもできる優等生だった。七面倒なくらいあれこれと考えすぎてどこにも行けなくなっていた自分には、将棋しか合うものがなかっただけ。あれこれと考えすぎるくらい考えてもいい、将棋がはまったのだろう。

「米倉先生、夕ちゃんに会いたがってたよ」

「ずいぶんと顔を見せていないから」

「この後、何も予定がないんだったら教室に寄ってみたら？　心配もしてくれてたし」

心配か……胸に小さな棘《とげ》が刺さったように疼く。でもその苦々しさを顔に出さないように、やっぱりね、と夕子は軽く笑ってみせる。

「負けが込んでいるから」

「負けとかそういうことは言ってなかったけど……楽しそうじゃないって」

姉にそう言われて、かろうじて作っていた笑顔が消えてしまった。どう返していいのかわからなくなるくらい、頭が真っ白になった。その反応に気づいたのか、そんなの当たり前だろう、と父が明るく笑い飛ばす。

「だって、楽しいばかりじゃないもんな」

「厳しい世界ですからね」

父に合わせるように、吉彦も言ったら、誰も言葉を続けなくて食卓の上がしんとなった。

「ねえ、テレビ観ていい？」

一輝のおさない声に場の空気が緩《ゆる》んで、姉は頷く。

「そうだ、大吟醸《だいぎんじょう》を冷やしていたよな。お義父《とう》さんが好きな」

吉彦はそそくさと椅子から立ち上がる。えっと、えっと、大吟醸、と妙な節回しを唱えながら冷蔵庫の野菜室を開けていた。

「あれな、岩手の」

と父も仰々《ぎょうぎょう》しい声で返事をした。

ずいぶんと気を遣《つか》われているな……。

いいね！　と明るく言って、新しいグラスを出しに立ち上がろう。三つ数えたら、そうしよう。
一、二、三。
夕子は喉にせり上がってくる鉛《なまり》のようなものを飲み込んで、口端《くちは》を上げた。

3　端歩《はしふ》を突く

　翌日、帰宅してすぐに、ハルは夕子さんの店に行った。下校途中の子に見つかると寄り道していると思われかねないので、こそこそとカフェの扉を開けた。

「いらっしゃいませ」

カウンターの中で作業をしていた夕子さんは、昨日来た小学生の女の子だとわかると、少し驚いたような目をしたものの、すぐに微笑んだ。

今日の夕子さんの頭には、グレーの布が巻かれていた。茶色のワンピースと合っている。

「本当に来ましたけど、迷惑ではないでしょうか」

わざと堅苦しく言ったら、妙に不機嫌そうな声になってしまった。でも夕子さんは気にしない様子で首を横に振った。

「閑古鳥《かんこどり》が啼《な》いているから、話し相手ができて嬉しい」

たしかに、今日もお客さんは誰もいなかった。がらんとした涼しい店内にはやさしいピアノの曲が流れていた。

「さっそく頭に巻こうか」

その申し出に、ハルはこくりと頷く。昨日と同じく、奥の階段のスペースに通された。

「昨日の対局、わざと負けましたよね？」

背後の夕子さんに、ハルは切り出した。夕子さんの手先が緩んで、頭に巻きかけていた淡いピンク色の布がはらりと額に垂れ下がる。

「夜に改めて考えたら、あれ？　っと思って」

「あれって？」

夕子さんはすっとぼけた。

夕子さんの迷いのない指先、眉一つ動かさない落ち着いた表情。ずいぶん数手先まで読んでいるからじゃないのか？　あんなにも冷静に指す人が、角の睨みの上にある竜を見逃すことなんてない。

よくよく考えてみると、自分はいい手を指していなかった。

手加減されたんだ。夕子さんが詰んだとわかった瞬間、勝ったことに舞い上がりすぎた自分が恥ずかしくなった。

バッカみたい。本当に自分の実力で勝てたと思っていたから、裏切られたような気がした。子供だから負かしたらかわいそうだと思われたのだ。手を抜かれて勝たせてもらうくらいなら、駒を落として真剣勝負してほしかった。もちろん、平手でやりたがったのは自分だったのだけど。

「ほんとは、すごく強いんですよね？」

「そんなに強くないよ」

ぜったいに、嘘だ。

「どこかで習ってるんですか？」

たいてい強い子たちは、将棋教室だとか道場だとか、将棋が指せるところに通っている。

「昔、通っていたよ。教室にも道場にも。そうね、まさに、ハルちゃんくらいの年の頃なんか」

子供の頃からやっていたということは、やっぱりかなりの腕前ということだ。

「小六の時？」

「ハルちゃん、六年生なんだね」

「夕子さんは？」

「わたしは、三十一よ」

なりゆきで聞いたものの、ハルには三十一歳も四十一歳も同じようなもので、大人ということしかわからない。

「で、小六の時には大会にも出たりしてたんですか？」

「そうね、大会にも出たりしたね」

「何級？」

「今？　二段だよ」

すごっ。ハルは声にならない声で言った。学校の将棋部では、ボランティアで教えに来てくれているおじいちゃん先生が、正式ではないようだけど段や級をつけてくれていて、一番強い子が二段だ。十級の自分が太刀打ちできる相手ではなかった。

「ハルちゃんはいつから将棋やってるんだっけ」

「学校の将棋部に入ったのは五年の時。でも小学校に入る前に、お父さんに教えてもらって、それからお父さんと会う時には指してた」

「お父さんに会う時って」

「リコンしてるから」

ハルがそう言うと、そっか、とだけ夕子さんは返した。

昔は、お父さんに会うのが楽しみだったから、その日のために将棋の指し方の本を読んだり、お母さんのスマホの将棋ができるアプリで練習したりしていた。今は……と考えかけた時、はい、できたよ、と夕子さんが言った。

「……どうも」

夕子さんを振り返り、不器用に頭を下げた。

「ごめんね。たしかにわざと自分が詰むほうに玉を動かした。ばれるような指し方をしたのはわたしの力不足だけど、それに気づけたハルちゃんはセンスがいいのね」

「そんなことないけど」

「本当よ」

この人って曲者《くせもの》だ。サラサラの給食着みたいな雰囲気を醸《かも》し出しながら、一局どうですか？　なんて言っておいて、じつは二段という棋力を持っているのだから。


その翌日も翌々日も、ハルは夕子さんの店を訪れた。

塾を無断欠席していいわけがない。わかっているのに足が塾とは反対の道へ向いた。放課後になると頭の中がかゆくてたまらなくなるし、学校でウィッグであることを隠しながら過ごしているのに、その苦痛の時間が延長されることにも耐えられなかった。

「ハルちゃんのご両親、ここに来ていることを知っているわよね？」

毎日一人で店に来るものだから、夕子さんにも少しあやしまれていた。

「言ったよ……お母さんには」

「ああ、そう」

「平日は仕事なの。えっと、お店の人によろしくって。お父さんとは一緒に住んでないから……」

「そうだったね」

女性のお客さんが二人入ってきたので、夕子さんはカウンターの中に戻り、ハルは何となく棚に置かれた将棋セットに手を伸ばした。

グレーと白のチェックの布の駒袋をよく見ると、青色の糸で『ＹＵＫＯ』という刺繍《ししゅう》がされていた。指先で撫でてみると、ボコッとしている。自分で作ったのかな。マイ駒袋を持っているくらい将棋が好きなんだ。

ジューサーを回している夕子さんの姿をぼんやり眺めた。

お客さんが帰ると、夕子さんは将棋盤と駒を持ってきた。

もう平手でやり合えると思っていないので、六枚落ちで相手をしてもらう。

夕子さんが飛車と角行という両方の大駒と、香車《きょうしゃ》と桂馬《けいま》を二つずつ外すというハンディキャップ。

飛車は上下と左右、角行は斜め方向に、どこまでも自由に動くことができる。飛車角ほどではないものの、香は前のほうにならいくらでも進めるし、桂は二つ前の左右どちらかにジャンプすることができるので、いずれも攻めるのに大事な駒となる。攻めるための六つの駒を落として戦うほうは、武器をかなり失った状態なのだ。

「六枚落ちで勝つ方法、覚えてみようか」

一手目を指す前に、夕子さんが言った。

「六枚落ちで勝つ方法？」

「正直に言うね。わたしはハルちゃんより強い。それはあなたよりも、たくさん指してきたから。自分より格上《かくうえ》の相手とする時には、定跡をしっかり身につけて戦うほうがいいの。だから、一度覚えてみない？」

「教えてほしい……です」

「じゃあ、まず角道を開けよう」

7六歩。角の右斜め上の歩を進めた。

「次は、飛車先を二回進める」

夕子さんの言葉に従って、飛車先の歩を二マス。

「その次は香先の歩を二回。そして、香を二つ上がる。で、飛車は寄って」

「寄るって？」

「横に寄るの。飛車を香の下につけて」

「はい」

淀《よど》みない夕子さんの指示通りに動くと、盤の上に秩序が生まれた。

「香先の歩をもう一つ進めて」

すると、相手の歩とぶつかる。夕子さんはハルの歩を取る。歩の交換で、ハルが香車で夕子さんの歩を取った。

「もしここでわたしがハルちゃんの香を防ぐために、さっき取った持ち駒の歩を使った場合、どうなる？」

えっと……とハルは人差し指を口に当てて盤をじっと見る。

「わたしが香で、歩を取って」

「そうそう」

「夕子さんが銀で、わたしの香を取ってもその後ろに飛車がいて」

「だから中に入れるよね？　ということは、わたしもここには歩を打てない」

そう説明して、夕子さんは自分の右側の金を動かした。

「で、ここで成になって……」

ハルはたどたどしく駒を動かしていく。

「その香、二で成ってね」

相手の陣地に入った香車を１二で裏返した。夕子さんが成香の隣になった自分の銀を斜め下に逃がす。

「成香を斜めに入れて、次に飛車を二で成る。わたしの銀を追い詰めて」

夕子さんは淡々と説明しながらも、自分の駒もたやすく動かしていた。

「そっか……竜になれた」

玉と金以外の駒は、相手の陣地に入ると裏返って成駒になり、動けるマス目が増えるのだ。飛車は相手の陣地に入ると裏返って「竜」となり、もともとの動きに加えて斜め四方のひとマスにも動けるようになる。成香は金と同じ動きになる。つまりこの段階で、香車も飛車も成り、角だっていつでも飛び出せる形勢ができたということ。

「六枚落ちの相手にたいする必勝法の一つ。飛車を竜にするところまで一気にする。その間は守りができなくても大丈夫だから、怖がらずに攻めて」

店のドアが開く音がした。

見ると、白い野球帽を被ったおじいさんが杖《つえ》をつきながら店に入ってきた。

「こんにちは。今日はゆっくりですね」

「こうも毎日暑いと、家から出るのも覚悟がいるもんで……おっ、珍しいお客さんが来てるな」

「ハルちゃん、ピチピチの小学六年生。ハルちゃん、こちらはオサダさん。毎日来てくれる常連さんなの」

夕子さんはハルとオサダさんを交互に見ながら紹介した。

オサダさんは隣のテーブル席にゆっくりと腰かけると、脱いだ帽子で顔を扇《あお》いだ。頭のてっぺんの髪がほとんど生えておらず、耳の上に真綿みたいにふわふわした白い髪がのっているのを見て、ちょっと自分の髪型と似ている、と思う。

「休憩ね。オサダさん、いつものでいいですか」

「急がんでいい。対局中だろ」

「あっ……大丈夫」

ハルが小声で答えると、えっ？　とオサダさんは耳をそばだてた。

「なんて？　飯食ったか？」

ただ、大丈夫だってことを言いたかっただけなんだけど、とハルは気まずい苦笑いで顔をこわばらせた。それを見て、オサダさんはククッと笑う。本当は聞こえているのに、聞こえないふりをされたのかもしれない。

お客さんが来るといつもそうするように、夕子さんは小さな木のお皿に載せたお手拭きをオサダさんの前に置く。オサダさんはさっそくそれで額を拭きながら、気持ち良さそうに小さなうめき声を上げた。

「オサダさんはね、ここの最初のお客さんなのよ」

「この店の大家の知り合いでな」

「このあたりにたくさんの土地を持っている地主さんなの。店でフレッシュジュースを出したいからこのあたりに野菜の良い作り手がいないかって大家さんに相談したら、オサダさんを紹介してくれたわけ」

このあたりは住宅街だけど、野菜を作っている畑もけっこうあって、小学校の課外授業でも、近くの畑でトマトや茄子《なす》の苗を植えたことがあった。オサダさんもそういう畑で野菜を育てているのだろう。

「夕子ちゃん、ここは日当たりが良すぎるな。あの窓の向こうに桜の木でも植えたらどうだ」

オサダさんは渋い顔でもみあげを手で拭《ぬぐ》う。

「桜ですか」

「花見もできて一石二鳥」

「でも、勝手に植えるわけにはいかないですし」

そんなやりとりをしていたら、オサダさんはふと腰を浮かしてこちらの盤を覗《のぞ》き込んできた。

「ほう、六枚落ちで一筋攻めができているじゃないか。なかなかやるな」

「今教えてもらって……」

「そうか。このお姉さんはうまいだろう。九筋攻めも教えてもらいなさい」

「はあ」

よく知らないおじいさんの、少し白くにごった目でじっと見つめられると居心地悪い。

「ところで、なんでここに来てるんだ。行くところがないのか」

「ってわけじゃ……」

ハルは口ごもった。本当は塾にだって行かなくてはならない。もじもじとしているハルを見ながら、オサダさんはおかしそうに笑った。

「まあ、こういう場所で端歩を突く時間というのも、悪いもんじゃないからな」

「ハシフって」

ハルは遠慮がちな目で夕子さんを見る。

「端っこの歩のことよ。手のない時には端歩を突けっていう言葉があって」

夕子さんの答えに、オサダさんも頷いた。

「端っこにある歩を動かしたところで、たいして意味がないように思われるが、じつはそんなことはない。何をしていいのかわからない時間帯に、端の歩を動かすような過ごし方をして、真ん中の様子をうかがうのも悪くないってことだ」

「今はその手が将来的に役に立つかわからないけれど、後になって振り返ると、あれが有用な一手だったってことがあるものなの」

夕子さんが説明してくれるその言葉の意味を考えながら、ハルは持ち駒の歩をもてあそんだ。

4　お母さんと二人

　帰宅すると、玄関ドアの鍵が開いていた。

　鍵はちゃんと閉めて出かけたはずで、いつものように、いったん行きかけてから鍵を閉めたか確かめもした。ということは、つまりお母さんがすでに帰っているということを意味する。帰宅はだいたい七時と決まっているわけで、つまり悪い予感。玄関にそっと入ってみると、少しだけ開いたリビングのドアの隙間から電気がついているのがわかる。お母さんの紺色の靴もあった。

「ただいま」

　できるだけ平静を装《よそお》った声で、ハルはスニーカーを脱いだ。

「おかえりー」

　その声がいつもより弾んでいて、かえって怪しい。リビングに入ると、キッチンに立つお母さんと目が合った。感じよく微笑まれる。

「どうしたの、早くない？」

仕事の時に着るような服から部屋着のTシャツと黒いトレパンに着替えていて、コンロの鍋の前にいた。

塾用のバッグを持って出ておいてよかった。勉強してきたよとばかりにそのバッグを床に放り投げたけれど、どこかぎこちなくなった。

「仕事がちょっと早く片づいて。それより、ハルのほうが早くない？　授業は六時半まであるのに」

リビングの壁の時計を見ると、六時三十五分にもなっていない。

「こっちも早めに終わって」

早めに？　と驚いた声が返ってくる。

「高い授業料を払っているんだから、きっちり持ち時間を使って勉強を教えてくれないと」

「あっ……今日はたまたまだよ」

返事が来ないので、顔を横に向けた。お母さんはキッチンから出てきて、こちらを無表情で見ていた。手に持っている菜箸《さいばし》が杖みたいで、魔女みたいだ。

「牧村《まきむら》先生からお昼に電話があったの。風邪は大丈夫ですかって」

「あっ」

「あっ、じゃないでしょう」

「そのう」

「どうして嘘をつくの」

「ごめん……なさい」

「どこに行っていたの？」

「次からちゃんと行く」

「質問に答えてよ。どこに行っていたの？」

低い声で問いただされると、ヒステリックに怒鳴《どな》られるよりも逃げ場がない。頭の中がかゆくなってきて、ウィッグの際を指でほじくるようにした。

「もう行くなって言わない？」

「場所によるけど、納得できたら行くなとは言わない」

ほんとかよと心の中で思うものの、とてもそんなふうに軽く言える状況ではない。もう素直に伝えるしかないのは明らかだった。

「Hu・cafe」

「カフェ？」

「そう」

「どこの？」

「マンション出て、駅と反対のほうに行ったところ」

「カフェで、何をやってんの」

「将棋……できるから」

お母さんは、将棋？　と首を傾《かし》げたけれど、すぐに何か思い当たったのか、ああ、と頷いた。

「なんか新しくできたお店あったね……そうそう、将棋のマークで」

「歩の駒。だから、Ｈｕ・ｃａｆｅ」

「フって、その歩なの？　将棋しているわけ？　お金は？」

矢継ぎ早に質問してくる口調が、どんどん鋭く尖《とが》ってくる。

「だから、違うよ」

「違うって何が」

「お店の人が入っていいよって言ってくれたから……でもお母さんには言ってねとかも言われていたけど」

ゴルゴ皺ができて嫌だと念入りにクリームで手入れしている、母の眉と眉の間に、カッターで線を入れたみたいな溝ができていた。怒鳴られる。キンキンした声で、いい加減にしてよ、ってなじられる。余計な心配させないで、お母さんだって大変なんだから、とか言って涙ぐまれる。どのパターンが来る？

でも、お母さんは菜箸を持っていた手をだらりと下ろした。

「明日午後に仕事を休むわ」

えっ？　と拍子抜けして、ハルは瞑《つむ》りかけた目を見開いた。

「なんで？」

「そのカフェに一緒に行くよ」

「えっ、いいよ、行かなくて」

「いいわけないでしょう。娘がお世話になっているんだから、挨拶に行かないでどうするの。今まで無銭でごちそうになったり遊んでもらったりしていたんだから、ちゃんとお礼を言わないと」

いったんキッチンに戻るとコンロの火を消してから、お母さんは菜箸も置いて、代わりに冷蔵庫から取り出した缶チューハイを持って戻ってきた。そしてソファに座ると、はいここ、と隣のスペースを手で叩《たた》いた。座れってことだろう。ハルはその隣に座る。

「そんなに塾が嫌い？」

プシュッと缶を開けて、お母さんは落ち着いた様子で一口飲んだ。嫌いってわけじゃ、とハルは口ごもる。

「お母さんとしては、月曜から金曜まで放課後にハルを一人きりにしておきたくないんだわ。わかるよね？　一人で留守番できるって言うけど、やっぱり心配だしさ、周りのお友達が受験のための塾だ、ピアノだ、水泳だ、って習っているのに、ハルだけぼんやりさせていていいのかなって不安だし。ってことで、あの塾を見つけてきたわけで」

あのね、とハルはお母さんの言葉を遮《さえぎ》った。

「嫌いっていうか、苦手っていうのはあるけど……とにかく行けないの」

「行けないっていうのは……やっぱり」

お母さんはハルの頭を見る。

そうに決まってるじゃん。心の中で言い返したら胸がいっぱいになって喉が痛くなった。学校でウィッグだってばれないように過ごすだけでも疲れる。放課後もウィッグのまま塾に行かなくちゃいけないのはきつい。そう説明したいのにうまく言葉が出てこなくて、

「かゆいんだってば」

突き放すように言い、口の中の唾を飲み込んだ。

きつくなった娘の口調に少し身構える顔をしてから、お母さんはため息をついた。

「いいよ、家では外して」

お母さんは持っていた缶をフローリングの床に置いてから、ハルの頭に手を伸ばした。頭のてっぺんをつまむようにウィッグを外す。

頭が軽くなった。

風を感じる。ハルも自分の手をやった。汗ばんだところを掻いたら、白いソファに細い髪の毛が数本落ちた。

「今日さ、漢方薬買ってきたんだ。ネットでは高評価だったの。浮腫《むくみ》も、副作用もないみたい」

「苦い？」

「かもしれないけど、効くかもよ」

「飲んでみる」

ハルの言葉に、お母さんはゆっくり瞬いてから目を伏せた。

「言ったことあったっけ。じつはお母さんもさ、拒食症になりかけたことがあったんだ」

「キョショクショって、なんだっけ？」

「拒食症ね。ストレスでご飯が食べられなくなる病気。食べても、気持ち悪くてゲボしちゃうの」

「そうだったの？」

はじめて聞いた話だったので、ハルはぞくっとした。

「お父さんと離婚してすぐの頃だから、ハルは小学一年生だったかな。その時のお母さん、今よりも十キロくらい痩せてたの」

「そんなに？」

あんまりよく覚えていない。今なんて体重計に乗ったら痩せなくっちゃって言っているのに。

「たまたま通りかかった漢方薬の店で相談したんだ。その時に出してくれた薬が合って、症状を食い止めることができたんだよ。てなことを、さっきふと思い出して、なんていうか、母子揃《そろ》って、お腹に溜《た》めやすい質《たち》なんだろうね」

お母さんはソファに落ちた髪を指で拾い、そばにあったゴミ箱に髪の毛を捨てた。お腹に溜めやすいって？　と訊くと、不器用っていうのかな、と返ってきた。

「ハルのストレスは、お母さんなのかもだけど」

「もう、違うってば」

そう否定するのに、お母さんは首を横に振る。

「あたしのせいなんだよ。父親と離しちゃって、母子二人きりの生活になっちゃって。せめてさ、じいじやばあばっていう逃げ場があればよかったんだろうけどね。流山《ながれやま》のおばあちゃんちともうまくやれないし。悪いね。こんなに人付き合いが下手な母親で」

お母さんは頭を掻きながら笑って、それから少し悲しそうに目を伏せた。お母さんがまた泣き出してしまう。お願い、それはやめて。

「わたしは、お母さんと二人で楽しいんだって。だからそういうふうに言われると逆に……何ていうのかな」

「ごめんね、そうだよね」

「だから謝らないでほしいの」

「ああ、そっか。ごめ……じゃなかった」

不自然に笑うお母さんを見て、ハルは困る。

もしかするとこの人がストレスの原因なのかもしれないと思ってしまいそうになって、そんなことはないとすぐに打ち消した。

お母さんはいろいろ忘れっぽいし、足でドアを閉めたりするし、感情のアップダウンもけっこう激しくて、対応が面倒なことも多い。でもほとんど夜に外出することもなく、一緒にご飯を食べてくれる。たぶんハルが淋《さび》しくないようにと考えてくれているのだろう。週末、一人で飲みすぎてリビングで寝て朝起きられないこともあるけど、お昼にはサッポロ一番のラーメンを作ってくれるし、抜けていることが多くて、ちゃんとしていないかもしれないけど、それでいい。

「それにさ、お母さんだけってことでもないんだよ」

「誰かいるの？」

「そのカフェのお姉さん……夕子さんっていうんだけど、髪のこと、ウィッグだってことを話せた。で、店にいる間は頭に布を巻いてもらっているの」

「頭に布？　ターバンみたいな？」

お母さんはスマホをトレパンのポケットから取り出して検索する。小さな画面を二人で覗き込んだ。

っとした。
したら、ハルがピンク？　意外すぎー、とようやく笑顔が戻った。それを見て、ハルはほ
「へえ、おしゃれ、とお母さんの表情が明るくなった。ピンクっぽい布なんだよ、と説明
「そう、こういうの」

深々と頭を下げたお母さんを見て、夕子さんは明らかに困惑した表情を見せた。何事？

とその後ろにいるハルに目で問いかけてくる。ハルはただ俯いた。

「将棋させてもらったりジュースをごちそうになったり、なんか、本当にご迷惑をおかけしていたようで」

駅前で買ってきた煎餅の詰め合わせの入った紙袋を、お母さんは夕子さんに差し出した。

ここに来ることを言っていなかったのね？　と言いたげな夕子さんに視線を感じ、ハルはその目を見ることもできない。

「見ていただければわかるように、けっこう暇をしていますから、一人でもお客さんがいてくれたほうがありがたいくらいで」

誰も座っていない木のテーブルの隅に飾られた小さな緑の葉っぱが、エアコンの風でかすかに揺れている。

「これまでいただいた飲み物の代金を……」

「いいんです、本当に」

「ってわけには」

「とにかく、どうぞ」

バッグから財布を取り出しかけていたお母さんだったが、夕子さんにテーブル席を手で示されると、しぶしぶ頷く。

「じゃ、せっかくだし」

夕子さんに促されて、二人はカウンターに近いテーブル席についた。

見慣れているはずの場所なのに、お母さんと一緒というだけで違う場所のようだ。お母さんもそわそわしていた。頬杖をついて店内を見回してから、あれ？　と棚に置かれた将棋のセットを指差す。

「夕子さん、強いの？」

「二段なんだって」

「ほほう」

感心したように口を丸めたけれど、お母さんはまったく将棋を知らない。その証拠に、それ以上の興味がないとばかりにメニューを手に取った。おしぼりとお水を持ってきてくれた夕子さんに、ハルはりんごジュースを、お母さんは野菜のフレッシュジュースを注文する。

「わたしが誘ったんですよ。だから、こちらこそ謝らないといけないんです。お母さまの了承もなしに、勝手に誘い込んだりして」

夕子さんは伝票に書き留めたところで、頭を下げる。いやいやいや、とお母さんは慌てて腰を浮かせた。

「この子の父親が将棋好きで、小学校に上がる前に教えたみたいなんですけど、何を思ったのか、一年前くらいに将棋部に入っていて。でも、あたしはまったく将棋のルールも知らないから、相手をしてやれないんですよ。だからありがたいくらいで……えっと、それに髪のことも」

よく知らない人と話すのが苦手なお母さんにしては、一生懸命しゃべっていて、そのせいか早口になりすぎて少し舌がもつれていた。

「この暑さだし、かゆいと思いますよ」

「ありがとうございます。この子も頭に……巻いてもらっているって」

お母さんは青い布を巻いた夕子さんを見ながら、自分の頭を指差した。

「ああ、そうなんです。意外と涼しいんですよ」

夕子さんに微笑まれて、へえ、とお母さんも笑ってみせる。少しずつ緊張がほぐれてきているようだ。

「すみません、本当に。どう考えてもご迷惑でしょうから、今日かぎりで来ないようにしますので」

来ちゃダメなの？　そう問いかけるように、ハルは眉を八の字にしてお母さんを見た。

お母さんは首を横に振った。

そんな……せっかく夕子さんと仲良くなれたのに。だけど言い返せなくて、ハルはただ黙った。

あのう、と夕子さんが遠慮がちに声をかける。

「ご家庭の方針があるでしょうけど、わたし自身は、ハルちゃんとおしゃべりするのを楽しんでいますし、まったく迷惑ではないんです。それだけはどうかわかってください。それに、家とか学校とか塾とか、そういう日常に組み込まれていない場所がほしい時って、大人でもありますよね」

「仕事帰りの一杯とか？」

お母さんが訊くと、そうです、と夕子さんは声を弾ませた。

「今のハルちゃんにも、そういう居場所が必要なのかもしれないって、ちょっと思うんですよ」

ねえ、と夕子さんはハルを見る。その視線を受け止めてから、ハルはお母さんを見た。

「でも……」

お母さんは首を傾げる。

「わたしの実家、飲食店だったんです。居酒屋と小料理屋の間みたいなお料理屋で。父と母がずっとお店にいたので、わたしと姉も店でご飯を食べたり、要するに、お客さんの中で育ったんですよ」

「そうなんだ、知らなかった」

ハルが驚いたように言うと、夕子さんは頷いた。

「お店の中で子供が育つのも、悪くないと思うんですけど」

夕子さんの言葉に、いやもちろん、とお母さんは焦ったように言った。

「正直なところ……言ってもいいですかね」

お母さんは顔を上げる。家にいる時と同じような声のトーンに変わった。

「どうぞ、言ってください」

「べつに塾じゃなくてもいいんです。自分以外の誰かにちょっと託したいっていうか、客観的に見てくれる人がほしいっていうか、うちは、あたしとこの子の二人きりなもので、誰かの目がほしいっていうんでしょうか。いろいろと自信がない母親なもんで」

情けないですよね、とお母さんが弱々しく笑うと、夕子さんは静かに首を横に振った。

「だったら、うちの店でもかまわないんじゃないでしょうか」

夕子さんはお母さんを見ていた。お母さんも夕子さんと目を合わせ、ハルに視線を移してから、また夕子さんを見た。

「でも、そんな……いいのかな、甘えても」

店のドアが開いて、お客さんが入ってくる。

「考えてみてください」

夕子さんは一つ頷いてから、いらっしゃいませ、と急ぎ足で向こうへ行く。

中年女性の四人グループが入り口に近いテーブル席に座る。にぎやかな喋《しゃべ》り声で、さっきまで聴こえていたピアノの曲がかき消された。

ときどきさ、とお母さんはグラスの水を一口飲んだ。

「スノードームってあるでしょう？」

急に話が飛んだようで、ハルは少し戸惑いながら頷いた。

「ああ……あれのこと？　お土産屋さんなんかに置いてある丸いガラスの中に作り物の景色やキラキラした雪みたいなのが入っている？」

「そうそう。そういう小さいところに、お母さんはハルを閉じ込めちゃってないかな？」

なぜか不安そうな目をしているお母さんに、別に、とハルは軽く言って首を傾げた。

「閉じ込められてないけど」

そっか、とお母さんはテーブルに視線を落とす。そして何も塗っていない短くて四角張った自分の爪を撫でながら、何かを決めたように顔を上げた。

「塾、辞《や》めよっか」

「いいの？」

「そのほうがいいよね」

「放課後、ここに来てもいい？」

「ああ言ってくれてるし」

お母さんは力が抜けたみたいな顔をして、ここ、日当たりが良すぎるくらいだね、と日差しが注ぐ窓に目を向けた。たしかに白いカーテンがかかっているのに、まっすぐに見ると痛いくらいに眩《まぶ》しかった。

「オサダさんっていう常連のおじいさんがいてね、店の横に桜の木を植えたらどうかと言ってた」

そう言うと、桜は大きくなるよ、とお母さんは笑った。

「ハナミズキくらいがいいんじゃないの」

お母さんは草木が好きだ。お父さんと一緒に暮らしていた古い家では、よく庭に出ていたような記憶があった。たぶんお母さんは忙しいのが得意ではなくて、本当は一日中ちょっとした庭でぼんやりしていたい人なんだろうと思う。

小学校に上がるタイミングで、ハルはお母さんと一緒にその古い家を出た。今でもお父さんは、おじいちゃんとおばあちゃんと一緒にそこに住んでいるらしい。引っ越して間もない頃に一度だけ訪れたけれど、それきりだ。

夕子

幼稚園児にしては大きすぎる、小学生らしい夕子が平日の昼間の店にいるのを見て、ランチを食べに来た客に不審《ふしん》がられることもよくあった。あれ、お子さんいくつ？　八歳？　学校は？　という問いかけも、子供心にまたそれ、とうんざりするくらい頻繁《ひんぱん》にあった。きっと両親にしても、内心では辟易《へきえき》していたのだろう。

「この子ね、うちのデザート担当なのよ」

それでも訊かれるたびに、母は決め台詞《ぜりふ》みたいにそう答えていた。あっさりと明るくそう言われると、たいていの客はそれ以上何も言ってこなかったみたいだ。そういうことね、と理解してくれる人もいれば、この親は大丈夫か、と白い目を向ける人もいたはずだが、たまに見かける変わった方針の家だと解釈されていたのだろう。

だから夕子にしても、心太《ところてん》や葛《くず》きりやゼリー、シャーベットやアイスなど、その日のデザートを盛り付けるのは自分の仕事で、手抜かりがあってはならないという責任感を持ってやっていたように思う。

父の還暦祝いの食事をし、満腹になったところで夕子が持ってきたマドレーヌを食べながら一輝とパズルをやって、その間も日本酒を吉彦と飲んでいた父はリビングのソファで寝てしまった。いつものパターンだった。日曜だから、翌日は姉も吉彦も仕事があり、あまり長居しても申し訳ない。

父を起こさないまま、夕子は実家の玄関の外に出た。

「米倉先生のところ、ちょっと行ってみたらどう？」

見送りに出てきてくれた清子は、ずっと言い出すタイミングを考えていたように改まった口調で言った。

食事の時に米倉先生の名前が出てから、教室に寄るべきかどうか、夕子の頭の中にもずっとあった。どうしようか、まだ決めかねていた。

「この時間帯は忙しいだろうし、ご迷惑になるかも」

ためらっている夕子を、清子は上目遣いで見ていた。

じゃあね、と立ち去ればいいのに、姉がまだ何か言いたそうで、夕子は歩き出せなかった。

寒いね、と夕子は両腕を抱えるようにした。沈黙を埋めるために口から出たくらいで我慢できないほどの寒さでもなかったのに、ちょっと待ってて、と清子は慌てたように家の中に戻って、しばらくしてマフラーを持って出てきた。

「はい、これ巻いて」

清子は自分の紺色のマフラーを夕子の首にぐるっと巻きつけた。

「いいよ、大丈夫なのに」

と、夕子は断ったが、いいから、となかば押し付けられた。いらないと言ったものの、一度巻かれてみると暖かかった。

「それあげる。なかなかいいでしょ、ユニクロ」

「じゃあ、ありがたく」

「もっとここにも帰っておいでよ。忙しければ無理に来ることないんだけど、電車で来ても三十分くらいなんだし、ふらっとご飯食べに来ればいいの。何もしてあげられないけど、それくらいできるから。夕ちゃんがいる場所の厳しさとか、凡人のわたしには想像がつかないけど、ご飯を食べさせてあげるくらいできるし」

「わたしだって凡人だってば」

「そうは言っても、非凡な世界でしょう」

姉は妹の頰に手を当てる。姉のセーターの袖口からは石鹼《せっけん》のような香りがする。

「他を知らないからわからないよ」

「なんにせよ、ここはあなたがご飯を食べに帰ってくる場所なんだってこと。せっかく才色兼備だとか言ってもらえているのに、頰がこけていたんじゃ」

そう言って、少しだけ悲しそうな目をした。

八王子の駅から三分ほどのところにある雑居ビルのエレベーターは、唸るような音を立ててドアが開く。

夕子がはじめてここに来たのは九歳で、それが二十年以上も前になるから老朽化《ろうきゅうか》がはげしい。それでも同じ場所で続けているのは、誰かにとっての戻ってくる所でありたいという米倉先生の気概のように、夕子は勝手に思っている。

誰かというのは……まさに今の自分のような誰かだ。

四階で降りると、『米倉正一《しょういち》将棋教室』と黒字で書かれた、小さなガラスドアがあり、中に入ると、立っている米倉先生の姿があった。対局を見ていたようで、腕組みをして難しい顔をしていたが、夕子に気づいて目が合うと、おう、と大きな目をさらに大きく見開き、そして嬉しそうに目を細めた。

深々と頭を下げる夕子に、おいでおいでをする。顔の前にやった手を小さく招いて、まるで道の端っこで警戒《けいかい》している猫でも呼び寄せるみたいに。

いつだってそうだ。

米倉先生は、こんなふうにして受け入れてくれる。

「不義理をしてしまい、申し訳ありません」

「なんのなんの、忙しいのはわかっているからさ。こんな郊外にまで顔を見せに来てくれて悪いな。実家に行ってきたのかい？」

まあまあ、と米倉先生の手に促される。教室の隣室に通され、応接セットのソファに座った。

「父の還暦祝いでご飯を食べてきました。先日は、甥《おい》っ子もお世話になったようで、ありがとうございました」

「なかなか芯《しん》のありそうな子だったな。叔母《おば》さんに似たのか」

夕子は苦笑して首を曖昧《あいまい》に傾げておいた。

「で、最近はどうだっけな」

すべてお見通しなのに、米倉先生はそんなふうに話題を振る。

すみません、と夕子はまず謝った。

「なかなか思うようには……」

米倉先生は頷き、部屋の隅に置かれたワンドアの冷蔵庫から二二〇ミリリットルサイズのミネラルウォーターを二本取り出すと、一本を夕子の手元に置いた。

「お母さんがお亡くなりになって、もう何年になるんだっけな。もうずいぶん経《た》つよね」

「去年、十三回忌でした。店を閉めたのはその二年後ですから、もう十年以上も前になりますね」

夕子の返答に、もうそんなに、と米倉先生は向かいに座ってペットボトルのキャップを捻《ひね》った。

「急だったよな。お母さんだって五十にもなってなかったはずだ」

「ですね。四十八でしたから」

夕子はまだ高校三年だった。母の胃に悪性腫瘍《しゅよう》が見つかってから、亡くなるまであっという間だった。

「『かん吉《きち》』のカウンターで将棋を指していた頃のこと、今でもたまに思い出すんだよ。俺はまだ四十そこそこで、七段で、一番ノッていた時期だった。対局はきつかったが、あの店で一杯飲んでいる時だけは気が抜けたもんで。遠い昔ってほどでもないのに、幻みたいな日々に思えるよ。俺が夕子ちゃんに将棋を教えたのって、君が八歳の時だろ」

ええ、と夕子は頷いた。

「もしも米倉先生がうちの店のお客さんじゃなかったら、わたしが将棋を覚えることもなかったかもしれないし、こういう巡り合わせって不思議だなって」

「君だったら俺に会わなかったとしても、どこかで将棋をはじめていたと思う。こういう教室でさ、小さい子に将棋を教えることもあるだろう。面白いもので、ようやく駒の動かし方を覚えたような子だったとしても、筋がいい子っていうのはわかるもんだ。それは頭の良さや勘の良さとも違ってな、どう表現していいものかともどかしく感じていたが、最近、わかったんだよ」

前のめりになって、米倉先生は夕子の顔を覗き込んだ。

「何なんですか？」

「目が輝くんだよ」

目？　と訊き返すと、きらんってさ、アニメみたいに、と米倉先生は短い鬚《ひげ》の生えた顎《あご》に手を当てた。

「そういう子は、ちょっとしたものになるんだな。夕子ちゃんもそうだった。よく覚えているよ。俺が客とカウンターで将棋をやりはじめると、どこからともなく出てきて、奥の太い柱に隠れるようにして、こっちをじっと見ているんだ。目が合うと、さっと隠れて、目が来い来いって手招くと、にこっともせずに近づいてきて。実際にルールを教えたら、目がきらんっとなった。駒の動きを覚えたら、戦法を習うより先に、本能に従うように飛車先の歩をついてくる。とにかく飛車を動かそうとして、それはもう楽しそうで」

実家で、姉から聞いた言葉を思い出した。

米倉先生の目には、将棋を指す自分が楽しくなさそうに見えていたということ。どこかで対局を見られたのだろう。いつ、どの、誰との対局だろうか。とても気になったが、怖くて言い出せなかった。もしもそれを聞いたら、決定的な、あるいは致命的なことに自分が気づいてしまいそうだったから。

「これしかないって直感したっていうのか……わたしは、学校にも行けないような子だったから」

「早熟だったんだよ」

「すごく偏《かたよ》っていたんだと思います」

否定した夕子を、米倉先生はどこかかたしなめる目で見る。

「同い年の子に、どう接していいのかわからなかったんだろうよ」

「何でもそつなくできる姉とは違って、わたしは永久にみそっかすっていうか」

「みそっかすって、懐かしい言葉だな。死語ってやつじゃないのかい。そんなひどいもんじゃないだろう。負けたくないっていう気持ちが人一倍強かったんだと思うがな。プライドもとびきり高かったぞ」

「感じの悪い子供ですね」

「でも将棋に出合って、これだけは負けたくないってものができた。だから、家の外に出られるようにもなった。そうだろ?」

少しずつ強くなって店のお客さんと指すだけでは物足りなくなり、この教室に通うようになったと同時に、登校拒否していた学校にも行けるようになったのだった。

将棋が外に連れ出してくれた。

将棋にはたんに「好き」という以上に、恩みたいなものを感じている。それゆえに負けると辛《つら》くてたまらない。恩に報いることができない自分がふがいなかった。

将棋を指していると、夕子は自分が神に祈っているような気持ちになった。勝てないということは、神への祈りが届いていないことであり、自分自身が存在する価値のないものとさえ思えてしまう。

それが、今の夕子の心のほとんどを占めていた。

先生、と夕子は俯いていた顔を上げた。

「わたしみたいなのが、将棋を指していてもいいんでしょうか」

「みそっかすといい、ずいぶんと自己肯定感の低い言い方ばかりするな」

米倉先生は茶化す。まあ、この業界では、自信満々っていうやつはあんまり見かけないけどな、と笑ったが、夕子は笑えない。

「なまじ筋が悪くなかったものだから、気づいたらこの世界に足を踏み入れていました。その覚悟のなさがダメなんだろうなって」

「そう言われると、俺も責任を感じちまうよ」

いいえ、と夕子ははげしく首を横に振る。

「先生には、感謝しかないですし」

「そういう浮かない顔で、そんなことを言ってくれるなよ。こっちまで情けない気分になる」

「……すみません」

「いやいや、違うんだって。この流れで君に謝られたら、こっちの心にも負担になるってこと、わかる？」

「えっ……はい」

ついすみません、とまた言ってしまいそうになるのを留《とど》まった。

「ダメかね、今の夕子ちゃんは自分の王様しか見ていないから」

声を荒らげることなく、きっぱりとした口調で切り捨てるように言う。これまでもこんなふうに米倉先生に正されてきて、慣れているつもりが、ズドンと体の芯にのし掛かった。

エベレストみたいな高い山が思い浮かぶ。

どこまで行けばたどり着けるのかわからない頂を目指し、前へ、上へと登ってきた。どこまで行けばたどり着けるのかわからないと理解していたはずが、三十歳になった自分が、その山のどのあたりにいるのか見当をつけることもできず道を見失っていた。

おっ、と米倉先生が小さな声を上げ、教室のほうに目をやる。

「磯村《いそむら》の爺《じい》さん、来るのが早いんだよな。夕子ちゃん、悪いな。これから指導対局が入っているんだ」

気分を変えたように言われて、夕子もどこまでも丸くなってしまいそうな背筋を正し、もう失礼します、と立ち上がった。

「お忙しい時間帯に、ありがとうございます」

「いやいや、会えてよかったよ」

「このペットボトル、口をつけてしまったのでいただいてもいいですか」

「どうぞ。あっ、そうだ、頼みがあるんだ」

「何でしょう?」

「来週の金曜の午後、予定空いてないか?」

手帳を家に置いてきたが、木曜に対局があって翌日は何も予定を入れていなかったはずだ。

「大丈夫ですけど?」

「指導対局を頼みたいんだ。相手してやってほしい生徒がいるんだよ」

「もちろんです」

「そりゃ、助かった」

米倉先生は夕子の肩をポンと軽く叩いてから、どうもどうも、と教室のほうに向かって言いながら歩いていった。

5　変わった子

頭の毛が抜けたのが何かしらの「ストレス」のせいだというのは受け入れたつもりだけど、それを隠すためのウィッグが、新しい「ストレス」になるってどうなの？　とちょっと納得がいかない。

とはいえ、ニワトリの卵ほどの大きさまで広がった禿げを隠さずに学校へ行けるほど、十一歳のハートはタフにできていない。防水じゃないし落としたらヒビが入るくらい、スマホよりもろい。

登校拒否する手もある？　と考えないこともない。同じ学年にも不登校の子がいた。で、四年生の時に、いつの間にか転校していた。その子はいじめられてはいなかったはずだけど、仲良くしている子もいなかった。影が薄かったとはいえ、あまりにもフェードアウトがうますぎる。

その子の机も椅子もロッカーも、どこにあったのか思い出せなくなった頃に、落とし物箱の中にその子の名前が書かれたものさしを見つけてドキッとした。もうこの世にはいないはずの子が目の前に現れたように思えて、怖くなった。

もしも自分が登校拒否したら、クラスメイトのみんなにとって自分がそういう存在になってしまうのかもしれない。そんなの恐怖だ。

だったら行くしかない。たとえ、いつウィッグだとバレるかドキドキしなければいけなかったとしても。

今日の体育だってスリリングだった。跳び箱も側転も、ハラハラしっぱなしだ。お母さんから事情を聞いている担任の小宮《こみや》先生は、「橘さん、無理しなくていいからな」と耳元でこっそりささやいてくれたけれど、無理をしないってどうすればいいのかわからなかった。体育館の隅っこで休めばいい？　ズルしてるってうるさい男子が言ってくるかもしれないのに？　保健室に行ったらどうだ、くらい言ってくれてもいいのに？　さすがにデングリ返りはトイレに行くと言ってパスしておいた。

小宮先生って、悪い人じゃないけど鈍いんだな。体育の後もトイレに直行してウィッグを被り直しながら、ハルはぼんやりと思う。

先生になってまだ三年らしくて、中学と高校の時にはずっと野球をしていたようで、休み時間には男子たちとよく野球していて、先生というよりも年の近いお兄さん的親近感を漂《ただよ》わせているあたりも、正直うっとうしい。野球をする子だけが生徒じゃないんだし……。体育の時間の不満を小宮先生への文句に変換しつつ、ハルは教室に戻った。

「ハル、トイレ行ってたの？」

待ち構えていたようにコッシーが寄ってくる。

「そうだけど」

何度も行って不審に思われたかな。ちょっとお腹痛くて、と笑ってごまかした。あっそ、とコッシーは軽く流してから、あのさ、知ってる？　と声をひそめた。

「江田《えだ》さんって、大阪に引っ越したんだってね。おばあちゃんの家に住んでいるんだって」

ママからの情報、と付け加える。江田さんというのが誰のことなのか一瞬わからなかったが、例の転校した子だと思い出した。

「えっ、そうなの？」

「江田さんってお父さんと二人暮らしだったらしいんだけど、そのお父さんっていうのがけっこうやばいらしくて、江田さんにご飯も食べさせてないんじゃないかって噂《うわさ》があったって。がりがりに痩せてたもんね」

「そうなんだ……大丈夫かな」

「わかんなーい。ママが言うには、江田さんみたいな子がけっこういるんだって。かわいそう」

そう言いながらも、コッシーの顔は少しもかわいそうだと思っていなさそうだ。

「大阪ってさ、行ったことないけど、どんなとこだろ」

話題を変えたくて、ハルはとくに興味もないのにそう言った。

「うちはあるよ。去年のゴールデンウィーク、家族でユニバに行った。ユニバって、ユニバーサルスタジオね。大阪ではユニバっていうんだよ。通天閣《つうてんかく》にも上った。あれだよ、大阪の東京タワーみたいなやつ」

「うん、知ってる」

そうそう、東京タワーって言ったら、昨日ね、とコッシーは話し続ける。楽しいことなら、いつまでも途切れることなくおしゃべりできるところがすごいとハルは感心している。

「テレビでやっていたんだけど、東京タワーのライトアップが消えた瞬間を一緒に見たカレシカノジョって、永遠に結ばれるんだって」

コッシーは、同じ塾に通っている隣の小学校のマツナガくんという名の彼氏がいる。戦国武将好きのレキジョであるコッシーは、『戦国無双』ファンのマツナガくんと話が合うらしい。一度だけ写真を見せてもらった。コッシーは美人なのに面食いじゃないんだな、というのがハルの感想だ。そんなことをもちろん口に出さなかったけれど、こちらの内心を見透《みす》かしたように、「全然イケメンじゃないんだけどさ」とコッシーも言っていた。本当に彼のことが好きなんだろう。「明智光秀《あけちみつひで》っぽいところがいい」とコッシーは言っていたが、歴史好きでもないハルの知識では、明智光秀と言ったら、本能寺《ほんのうじ》の変の人くらいなものでますます親友の好みがわからなくなった。

「マツナガくんと見たいわけだ」

「まあね。このあたりじゃ見えないけど」

「東京タワーのライトアップって、何時に消えるの？」

「だいたい明け方らしいよ」

「明け方？　寝てるよー」

「一日くらい起きてればいいじゃん」

「そんな時間まで外で待ってるの？」

「東京タワーの近くに住んでいたら、こっそり夜中に抜け出す手もあるんだけどな」

そんなに本格的な妄想をしていることに、ハルは笑ってしまう。恋人同士で見たら、ぜったいにいいムードになるよね、とコッシーは頰に手を当てた。ころころと表情を変えるところが、いかにもかわいい女子。きれいに編み込んだ髪も、レースのついた白いシャツも。自分はTシャツにズボンというかっこうばかりなのに、こんなにかわいい子が親友でいてくれることが謎なくらい。

「ところで、次の土曜日にセイラとカナと一緒に遊ばない？」

新木聖良《あらきせいら》と木元佳奈子《きもとかなこ》もコッシーと同じく、三、四年のクラスも一緒だった。仲良し四人組。

「土曜日？」

「塾のテストで十二時には終わるの。セイラもその日はたまたま塾が休みだって。カナも体操教室があるけど五時まで大丈夫らしい」

「そうなんだ」

「吉祥寺でプリクラを撮って、セイラの家に行くの。ハルも大丈夫だよね？　夏休みも全然遊べなかったじゃん」

コッシーは大きな目を瞬《しばたた》かせる。セイラの家に行って、きっと髪型を変えたり、お化粧をしたりするのだろう。

「ごめん……お母さんと出かけるんだ」

「まじで？　予定ずらせないの？」

できるよね、と言いたげな押しの強さで、思わず頷いてしまいそうになったけれど、

「ちょっと……無理っぽいかな」

そう言い返した時にタイミングよくチャイムが鳴って、コッシーも自分の席に戻った。

授業がはじまると、ざわついていた教室が少しずつ静かになっていく。

外から聞こえてくる笛の音が眠気を誘う。

頭の中は基本的に、ずっとかゆい。でもエアコンも効いているから我慢できる。頬杖をつきながら、ハルの耳にはちっとも先生の声が入って来なくて、脳裏にいろんなことが思

い浮かぶ。

コッシー、むかついていないかな。暇なはずのわたしが断ってばかりいたら、付き合い悪いと思われて、そのうち誘ってもらえなくなるのかな。

それにしても不思議だな。みんな受験のための塾や体操なんかで忙しそうなのに、どうして髪の毛が抜けないのだろう。

塾もやめてたいしてやることもないのに、なぜかハルはいつも焦っている感じがしている。どうしてだろう。

もしもハルの髪が禿げているとバレたら、なんで？　って、友達にも思われるに違いない。たぶんコッシーたちだって、ハルがストレスで禿げるだなんて思いもよらないだろう。実際に「ハルって悩みがなさそうでいいよねー」って言われたことがある。受験もしないし、好きな男の子もいないし、という理由だったはず。

そんなふうに言われたら、それはそれで悶々《もんもん》としてしまう。悩みだってないわけじゃないし、とも言いたくなった。

友達のことでいろいろと思うこともある。たとえば、ちょっと前までは一緒に竹馬をしたりして遊んでいたのに、六年になってから竹馬なんてしなくなった。そのかわりに、好きな武将グループや今やっているドラマや、それに出ている俳優さんの話、ファッション誌のモデルさんが着ていた服、百均で買えるコスメ、あるいは受験の話で、ハルは全然ついていけない。

じつはそういう話題から逃げたいのもあって、休みの日にはコッシーたちと遊びたくない。

ほとんど男子しかいない将棋部も、ある意味で逃げ道だった。

前は上の学年に女子がいたけれど、今では部内の女子はハル一人になった。男子だらけの部活に入るなんて信じられないとコッシーたちには言われるけれど、むしろ気楽だった。男子は子供っぽいしうるさいわりに、あまり関わってこないからいい。それに基本的に盤を挟《はさ》んで向かい合っている間、男子か女子かは気にならない。学年もあまり意味がない。棋力だけ。性別や年齢で決め付けられない場所にいる時間がほしかった。

放課後、日直の仕事を済ませてから部活の教室に行くと、ほとんどの部員がそろっていて、すでに対局をはじめていた。

「日直で遅くなりました」

手合いをつけている誰かのお母さんに伝えてから、ハルは教室の後ろにランドセルを置いた。

部活に来る部員のお母さんやお父さんは、「お当番さん」と呼ばれていて、部員の保護者みんなで回しているが、ハルの家にはお父さんがいなくて、お母さんが仕事をしているから特別に免除されている。

「橘さん、浅見《あさみ》くんとやってくれる？」

お当番のお母さんに手合い表を二つ渡された。自分のものと対局相手の浅見くんのものだ。

あっ、いた。

貸し出し用の将棋の本を置いている机のところで漫画で描かれた教則本を読みながら、しきりに右手の指先を机に擦《こす》り付けていた。

浅見くんとは同じクラスだ。でも一学期に転校して来たばかりの子で、あまり話したことがない。対局も、これで二度目。

前に指した時、強くてびっくりしたことはよく覚えている。その時はまだ彼が入部したばかりだったから十五級だったけれど（普通は入部したばかりだと二十級くらいからスタートするので、その時点ですごいのだが）、あっという間にランクアップしていった。彼の手合い表をこっそり開いて見ると、もう一級になっている。こっちは半年かけて十一級から十級に昇格したというのに。

異常なスピードで上がっているのは、手合い表の結果を見れば明らかで、ほとんど負けていないからだ。何者なの、この子。

「ほら、浅見くん、対局して」

お当番のお母さんに呼ばれて、浅見くんはだるそうに本をしまう。空いている席に座ったハルを見つけて、のそのそと向かい側にやって来た。

「四枚落ちだって」

ハルは言った。差し出した手合い表を無言で引っ張り取ると、浅見くんはだらしなく座る。

「ねり消し」

盤に駒を並べているハルに、浅見くんは親指と人差し指でつまんだ黒いものを見せつけるように出した。

消しゴムのカスを丸めたものだとわかって、ハルは顔を歪《ゆが》めた。さっき本を読みながら指先を机に擦り付けていたのは、ねり消しを練っていたのか。きっと手垢《てあか》だらけ。どうしてこういうものを男子は好きなのだろう。

ハルが無視して駒を並べ続けていると、浅見くんはつまんでいたそれをズボンのポケットの中に入れる。絶対にポケットに入れたことを忘れて洗濯されるんだろうな。

「ここのエアコン、うるさい」

「エアコン?」

ハルは頭上を見た。涼しいからエアコンはついているのだろうけれど、音なんて聞こえない。それでも浅見くんは雑な手つきで耳をごしごしと擦っていた。

「よろしくお願いします」

お互いに軽くお辞儀して、先手の浅見くんは金を前に出す。ハルは角道の歩を突いた。

「この間、店みたいなところにいたの、見た」

浅見くんは盤を眺めながら言った。突然話しかけられ、ハルは駒に差し伸ばしかけた手を止めた。

「お店みたいなところ？」

「児童館の先にある」

あっ、夕子さんの店にいるのを見られたのか。

「わたしだって、よくわかったね」

「えっ、そう？」

「だって、頭に布を巻いていたでしょ？」

「ああ」

浅見くんに顔を覚えられているとは思わなかった。

というのも、浅見くんは普通の子と少し違うからだ。一見、ものすごく普通なのだけど、よくよく観察してみるとじつはけっこう変わっている。

まず授業中にいきなり立ってどこかへ行ってしまったことがあった。一度ではなく、何度も。べつに先生の授業がつまらないから反抗しているわけではなさそうなのだ。自然に、ふらっと出ていってしまう。だから一瞬みんなきょとんとして、それからようやく浅見くんの行動のおかしさにクスクスと笑い合うのだ。最初こそ先生も、おーい浅見くん、と追いかけていったけれど、二度目からは、ああまたか、と追いかけもしなくなった。

休み時間もたいてい一人でいて、だけど寂しそうでもない。転校してきたばかりの頃は、クラスのお調子者メンバーにかまわれて、それなりに楽しそうではあったけれど、そのうち一人でいるようになった。「浅見って不思議くんだからな」と、誰かが言っていたのを聞いたことがあったけど、嫌われているというわけでもない。なんというか、つかみどころのない雰囲気を醸し出していた。

きっとクラスにどんな子がいるのかなんて、まったく興味がないのだろう。そういうタイプの子なのだろう。だから、びっくりだった。自分の顔を彼に覚えられていたことに、しかも頭にターバンを巻いているという変装バージョンでも気づいてもらえたということに驚いた。

「歩のマークだったから気になって覗いたら、いた」

浅見くんは左右にゆらゆらと動きながら盤を眺めている。

「将棋、ほーんとに好きなんだね？」

ハルだって好きだから部活に入っているわけだけど、彼とはその度合いが違うような気がした。

「あそこってさ、将棋の教室？」

　こちらの問いかけは完全スルーで、ハルは小さく噴き出してしまう。笑われていることにも気づいていないのか、浅見くんはまったく動じない。

「カフェだよ。でも、盤と駒があるからできる。お店にいる夕子さんって、ものすごく将棋が強いの」

　そう言ったら、浅見くんの顔がこちらを向いた。意志の強そうな目と目が合う。一見ふんわりと柔らかな雰囲気だが、目線は鋭い。

「どれくらい強いの？」

「二段だって。さすがに浅見くんも勝てないと思うよ」

「俺、そんなに強くないけど」

　浅見くんはあっさりと言う。こんなにも速いスピードでランクアップしているのに、本当にそう思っているのだろう。

「一度対局してみたら？　お客さんがいない時なら相手してくれるよ」

　ふうん、と浅見くんは、軽く頷く。そうしながらも彼の玉はもう三段目まで上がっていて、いったいどういう守りなのかわからないが、ばっちりとこちらに攻め込んでくる態勢になっている。

「今度連れてってって」

うわわ……と焦っているこちらの内心なんて気づかぬ様子で、浅見くんは呑気に言う。

「えっ、わたしが？」

「橘さん、知り合いなんだろう」

「わたしの名前も覚えてくれているんだ？」

またしても意外。驚いているのをむしろ不思議がるように、浅見くんはかすかに眉根を寄せた。

「机の横に名前、書いてるじゃん」

「ああ、あれね」

「覚えるに決まってる」

机のランドセルを引っ掛けるところに名前のシールが貼ってあるけれど、だからといって覚えていて当たり前だとも思えない。実際にハルは、五年でクラス替えをしてからしばらく、ほとんど接触のない男子の顔と名前がなかなか一致しなくて、クラス全員が頭に入ったのは二学期になってからだ。転校生だともっと大変なはずなのに。

浅見くんは記憶力がいいのかもしれない。

こうしてしゃべっている間も、ハルは必死で次の手を考えるために頭をフル回転させているが、浅見くんはたいして何も考えていない様子でバンバンと指してくる。さらっと角の頭に金を作られてあっけなく角をとられてしまった。

「将棋好きの子供たちには人気があるんだね」

ハルはカウンターのところで漢字ドリルをしつつ、向かいにいる夕子さんに言った。

「子供たち以外には人気のない店だって言いたいのね」

「そういう意味じゃないよ」

慌てて否定したハルを面白がるように、夕子さんは笑った。

「今度一緒においで」

「でも、ちょっと変わった子なんだよね」

「そうなの？」

「授業中にふらっと出て行っちゃうし、ボーッとした子。でも、将棋だけは強い」

「自分が大好きなことには夢中になれる子なんだよ」

あんなに将棋が強いのに自慢することもなくて、けっこういいやつなのかもしれない。どうしてもここに来たいというなら、連れてきてあげてもいいか。ぼんやりとそんなことを考えていたら、へえ、と夕子さんが感心したような声を上げた。

「ハルちゃんて、てっきり季節の『春《はる》』かと思っていたけど、こういう字なんだ」

バッグからはみ出ていた国語のドリルを手に取り、夕子さんがしげしげと眺めている。『橘《たちばな》玻瑠《はる》』とペンで書いた字。ゆがんでしまって、気に入っていない。新しい教科書やノートに書く名前は、たいてい力が入りすぎてうまくいかない。

「玻璃《はり》と瑠璃《るり》っていう宝石があって、それから付けたんだって。宝石みたいに才能のある人は、光を当てればきれいに光るっていう意味。そういう人になってほしいっていう、はっきり言って、超荷が重すぎる願いが込められている」

「荷が重いってことはないでしょ」

「あるよ。だって、ポンコツだし」

「すぐポンコツって言うね。そんなことないのに」

「ポンコツじゃなくても、宝石みたいになれる気はしない。それに画数も多いから、漢字の名前はあんまり好きじゃない」

お父さんの名字の「中井《なかい》」だったら、まだよかった。「橘」になったものだから、名字も名前もごちゃごちゃしていて気に入っていない。

「贅沢《ぜいたく》ねー。きれいな夕日の時に生まれたから夕子っていう単純な名付けだから、うらやましいけどな」

わたしはそういうシンプルな名前のほうがいい。夕子さんの名付けを聞いて、ふと夕子さんにも家族がいるという当たり前のことに気づいた。

「そういえば、夕子さんのおうちってどこなの？」

「この上だよ」

「この上に住んでるの？　家族と？」

それはないな、と夕子さんは笑った。

「さすがに一部屋しかないから、今は一人。実家も東京だけど、ここよりもっと西のほう。八王子って知ってる？」

「何となく……あっちのほう」

「まあ、あっちだね。ここからだと三十分もかからないくらいかな」

「よく帰るの？」

「たまにね。半年に一回くらい」

「仲悪いの？」

「そんなことないよ。仲はいいほうかも。でももうそこはわたしがいる場所ではないんだよね」

「夕子さんの部屋が物置になったとか？」

ハルの頭には、古い記憶が蘇《よみがえ》っていた。お父さんと暮らしていた頃のあの古い家に荷物を取りに行った時の光景だった。数カ月前まで暮らしていた部屋には、水のペットボトルが入った段ボール箱や大きなマッサージチェアが置かれていた。もうここには戻れないんだよ、と言われているようだった。裏切られたようにさえ思えた。

「そういう意味で言ったんじゃないけど、父と姉家族が同居することになってリフォームしたし、たしかにわたしの部屋もないかな。いつでも戻って来ていいよって姉が言ってくれるし、また一緒に住もうと思ったらできないこともないんだろうけど、わたしが望んでいないんだね。自分の意志で家を出たから戻りたくないっていうのかな。それもわたしの我儘《わがまま》ではあるんだけど」

「お姉ちゃんがいるんだね」

そうだよ、と夕子さんは頷いた。

「わたしの母はもうだいぶ前に病気で亡くなっていてね、姉がお母さんみたい。それで、姉夫婦が実家で父と一緒に暮らしてくれているの。だから、わたしも好き勝手な生き方をさせてもらえている」

そう話す時に、夕子さんの目が少し陰《かげ》ったように見えた。何かを思い出しているのかもしれない。

「やっぱり寂しくない？　お母さんもいなくて、お姉ちゃんとも離れていて。わたしもね、お父さんがいない。おじいちゃんとおばあちゃんともめったに会わない。だいたいはそれでいいんだけど、たまに会いたいなって思うこともあるよ」

ハルの言葉に、夕子さんは難問に取り組もうとする人みたいにしかめっつらで腕組みをした。

「そうだね……でもたしかに家族って特別なんだけど、家族が特別であるのと同じように、家族以外の誰かじゃないと埋められないものっていうのもあるような気がする」

「家族以外の誰か？」

「ほら、家族ってありがたいものだけど、厄介《やっかい》なものでもあるでしょう。すごく自分のことを思いやってくれるからこそ、一緒にいると苦しくなったり……そういうものと真逆にある心地よさっていうのもあってね。だからわたしは、この店を作ったんだと思う……言ってることとわかるかな」

ハルが首を傾けると、夕子さんはにっこりと微笑んで、はい、とパウンドケーキをひと欠片《かけら》差し出した。

「ありがと」

「熱々だよ。焼きたてのジンジャーブレッド」

ハルはすぐに口に入れた。熱くて、口をはふはふする。

甘さの中にかすかな苦味が舌に残った。

6　小さなボート

　自分が主人公でそれ以外の人はみんな脇役でしかない……なんて思っていた頃もあったが、本当はそんなことはない。みんながそれぞれの人生の主人公だと思っていると気づいた時から、自分がいる世界が爆発したみたいになって、途方もなく広くなった。宇宙のビッグバンみたいに。

『Hu・cafe』に通うようになってひと月ほど経った頃、ハルは夕子さんについて思いがけないことを知った。

　教えてくれたのは、夕子さんの友達だという女の人だった。

　いつものように夕子さんの店に行くと、カウンター席に女の人が一人で座っていて、夕子さんとおしゃべりしていた。ハルに気づくと、夕子さんが片手を上げ、その女の人も振り返った。

「あっ、噂の最年少の常連だね。ハルちゃん、おかえりなさい」

　いきなり名前を呼ばれて、ちょっと身構える。ただいまって返すべきなのだろうか。ハルは夕子さんのほうを見た。

「おかえり。準備しておいで」

いつものようにカウンターの奥に入り、夕子さんが用意してくれているピンクの布を頭に巻いてから店内に戻った。

「その布は、もしや」

「そうそう、もらったやつ」

夕子さんが女の人に言う。

そっか、と女の人は弓のように目を細めた。

「遠い異国で買ってきたものが、こんなかわいい頭に巻かれるとはね」

遠い異国？　とハルは意味がわからないまま、まあいいか、とカウンターの手前のテーブル席に座ってバッグから漢字ドリルを引っ張り出した。

「ねえ、将棋部に入っているんだって？」

その女の人は、上半身をねじるようにしてハルを見る。キリッとした眼差《まなざ》し。短い髪もまっすぐな眉も大きめの瞳も真っ黒で、そのせいか気が強そう。

「そうだ、ハルちゃんに一局相手してもらったら？」

「あっ、いいね、いいね」

大人の女性二人は盛り上がるが、やらない、という意味でハルが首を横に大きく振った。

なんでー、と女の人は唇を尖らせる。

「ふられちゃったね」

夕子さんは笑った。

「将棋……できるんですか」

ハルが訊いた。

「できますよ。一応、あたしも小学校の将棋部だったから。自己紹介しないとね。朋花《ともか》って言います。よろしくね」

すっと手を差し出され、握手を求められているのだとわかって、ハルはどぎまぎしながら自分の手を出した。なかなか距離を詰められないハルの手を、朋花さんの手が勢いよく握った。冷たくてすべすべした手だった。

「朋花、将棋部だったんだっけ」

「そうだよ。父が将棋好きで、せっかくだから入ってみなさいって、言われるまま入って、その部活で覚えたんだもん」

朋花さんの言葉に、そうだったね、と夕子さんは頷いた。

「……友達？」

ハルは二人の顔を交互に見た。ハルの問いかけに、夕子さんと朋花さんは顔を見合わせ、同じように噴き出した。

「付き合いは長いよね」

そう言いながら、夕子さんはハルのところに麦茶を運んできてくれる。

「二十年来か」

朋花さんが指を折った。

「最初に会ったのが小五の大会だったよね」

「小五？　そんなに？」

思わずハルの声が弾んだ。コッシーとずっと友達でいられたら、この二人みたいになるのかなと真っ先に思う。

「そんなにって言いたくなるくらいだね」

「大会って何の？」

そう訊くと、将棋だよ、と朋花さんが答えた。

「小学生女子を対象にした将棋大会って今でもあるでしょ。そこで会ったのが最初。夕子が優勝、あたしが準優勝だった」

「すごい……優勝と準優勝？」

夕子さんが強いのはわかっていたけれど、朋花さんも将棋がうまいんだ。驚いたハルの顔を、朋花さんは覗き込むように見た。

「ハルちゃん、夕子って女流棋士なんだよ？」

えっ、と声を上げて、ハルは夕子さんを見た。

「そうなの？」

夕子さんはあっさりと一つ頷く。

「やっぱり知らなかったね」

朋花さんは笑う。

「もう引退したけどね」

夕子さんは言った。

「女流棋士ってことは、プロってこと？」

ハルが確認するように尋ねたら、そうだね、と夕子さんは肯定する。

「以前は、女流育成会っていうプロになる前段階があって、そこでいくつも対局を勝ち抜いてある一定のレベルに達すると女流棋士になれて、私の場合は高校二年の時にプロの世界に入ったの。でも、知ってるかな、女流棋士と、棋士は違うって」

「何それ……知らない」

女の人の棋士が女流棋士なんじゃないの？　ハルは勝手にそう思い込んでいたので、首を傾げた。すると、朋花さんが片手を挙げ、簡単に説明しましょうね、と続けた。

「プロ棋士を養成する奨励会《しょうれいかい》っていうのがあるの。聞いたことある？」

「ない」

「そっか。まあ、あるんだわ。そこで四段に昇段を果たした者がいわゆる『プロ棋士』と呼ばれる。奨励会には男女が入会することができるんだけど、現在までに四段に昇段した女性はいないの。そういう背景もあって、女性限定の女流棋士なる制度が作られて、ある一定のレベルに達すると、女流棋士として活躍できるようになっている、というわけですよ」

簡単に説明というわりには、それほど簡単でもないと思いながら、ふうん、とハルは一応頷いた。

「だからプロの棋士とは別物なの。級位や段位も、棋士と女流棋士とでは基準が違っていて、わたしの場合は女流の二段なんだ」

夕子さんが言い足した。

「女性のプロの棋士っていないんだ？」

「そうね、奨励会に入っている女性はいるんだけど」

夕子さんがそう言うと、引き受けて朋花さんがまた続ける。

「入会した時点で、たいてい六級。所定の成績を収めていけば、昇級できるんだけど、四段に昇段するのは並大抵のことではなくて、まだそこにたどり着いた女性はいないってことなんだ。だからって女性が向いていないわけじゃないと思う。将棋をする人口の割合で、男性のほうが明らかに多いというのがまず一つだよね」

朋花さんは説明しなれたように話した。

「うちの将棋部もわたし以外みんな男子」

「でしょ。それと、歴史なんじゃないかな。江戸時代に将棋が普及したようだけど、その頃から指すのはほとんど男性で、女性の棋士もいなかったわけじゃないけどごく少数だったみたい。歴史の差が棋力の差だと思うな。でもきっと、これから縮まっていくはず。だって十年くらい前だと将棋のイベントに二百人が集まったら、そのうち女性は一人か二人だった。でも、ここ最近だと、三分の一は女性だったりする。嬉しいよね、将棋好きの女子がどんどん増えている」

「ハルちゃんもその一人だもんね」

夕子さんに言われて、まあ、とハルは一つ頷いた。

「もっと増えてほしいな、ハルちゃんみたいな将棋女子」

朋花さんのキリッとした顔は笑うとほっぺたが膨らんでかわいい。その表情でジュースのストローに口をつけるから、ハルも緊張がほぐれてきた。

「ほんとね、増えるといいな」

夕子さんも微笑んだ。二人とも将棋が大好きなんだろう。

それならどうして……。

「でも……引退しちゃったの？　やめたってこと？　せっかく女流棋士になれたのに、どうして？ もったいなくない？」

将棋がとても強いというのは、光る宝石だ。まさしく『玻瑠』という名前にふさわしいのは、そういう特別な才能を持った人だろうと思う。何も持っていない自分には、うらやましすぎる。

「いろいろあるんだけど」

ねえ、と夕子さんはなぜか朋花さんに矛先を向ける。

「あったの？」

話を振られても困るというように、朋花さんは肩をすくめた。

「ある時、ふと気づいたんだよね。いつの間にか勝つことばかりにこだわって、将棋を楽しめなくなっているなって、それで……」

すべてを話すのを避けるように、夕子さんは途中で言葉を止める。それで、の先が気になったけれど、夕子さんは気分を変えたいような顔をした。

「もっと大々的にアナウンスしたほうがいいと思うけどな、カフェのオーナーが女流プロだって」

朋花さんも話の流れを変えるように言う。

「だから、もう……」

「かつてのファンがこぞって来るんじゃないの。ずっとこんなに暇で大丈夫なわけ？」

「ずっとじゃないもの。この時間帯が空いているだけよ。夜はけっこう満席になるの。一人でやっている店だし、繁盛《はんじょう》しすぎても困るんだから」

「だったらいいけど。あっ、もうそろそろ行かないと。次の取材先、調布《ちょうふ》だから吉祥寺乗り換えがいいよね」

そう言いながら、朋花さんは慌ただしく立ち上がる。ごちそうさま、おいしかった、と飲んだグラスをカウンターの中まで自分で運んでから、重そうなリュックのベルトを肩にかけるが、背中ではなくまるで赤ちゃんを抱っこするみたいにお腹に抱えるようにし、それからハルのほうを向いた。

「じゃあね、ハルちゃん。今度こそ一局やろう。夕子ほどじゃないけど、あたしもそこそこ強いよ」

また手を差し出されて、今度はハルもすんなりと握手した。

「負けるのが嫌になって、やめちゃったの？」

朋花さんがいなくなった後、ハルは夕子さんに訊いた。どうしても引退した理由が気になった。

「ああ、将棋？　そうだね。負けるのは嫌だね。悔しくて、悔しくてたまらないし。プロだと、悔しいだけじゃ済まされないし。応援してくれる人がいると、なおさらね」

「えーやめちゃうの？　って言われなかった？」

「少しは言われたよ。引退したのって、去年のことで、わたしは三十歳だった。それくらいの年齢で引退するのはかなりレアだから、まあまあびっくりされたと思う。でもわたしの身近で見ていた人たちは、そうでもなかったかな。うすうす勘づいていたんだろうね。最近、楽しそうじゃないなって」

夕子さんの話を聞いていたら、誰にも打ち明けたことのない感情と重なって、ハルは夕子さんに話してみたくなった。

「あのね……」

急に表情を曇らせたハルに気づいて、夕子さんが作業の手を止めた。

「どうしたの？」

「変なことを言うけどいい？」

「変なこと？」

「ときどき、不安になるんだ。広い夜の海の真ん中で一人ボートに乗って浮かんでいるような気分っていうのかな。もしかして夕子さんも、そう？」

いつからだろう。生まれてからずっと、な気もする。明日がどうなるのか、ハルにはまったくわからない。今日と同じような明日があると、なぜか思えない。

自転車に乗るみたいに、自分でハンドルを操作できたらいいのにって、いつも思う。どこへ向かっているのかもわからない小さなボートに乗っているような、心許《こころもと》なさがある。

そういう感覚が伝わったのか、そっか、と夕子さんは頷いた。

「わたしの場合は、どうだろうな。海じゃなくて、山かもしれない」

「山？」

「エベレストみたいにものすごく高くて、険《けわ》しい山を一人で登っているイメージに近い。その頂を目指しているんだけど、自分が今どれくらいの場所にいるのかがわからなくて、とにかく歩みを進めるしかないの。登っている感覚はあるけど、自分が何合目あたりにいるのかはどこまで進んでもわからない。下を確かめる余裕もない。たまにふと顔を上げてみたら、途方もない上の世界が見えたりして、呆然《ぼうぜん》としそうになって」

「何のために登るの？」

「見たことのない景色が見たかったのかも。上のほうにいる人がいて、そこからはどういう景色が見えるんだろうって思っていた」

「上のほうにいる人？」

「殿上人というのがいるのよ」

テンジョウビト？　ハルははじめて聞いた言葉をおうむ返しで言ったものの、不思議と意味がわかった。

「会ったことある？」

「もちろんあるよ」

夕子さんの表情は、とても静かで穏やかだった。いつもお店で柔らかに微笑んでいる顔とは少し違っていて、ハルは少しドキッとしていた。

三六〇度に広がる海の中に取り残されているような気持ちは、いつかなくなるのだろうか。また前髪が生え揃って、ウィッグをつけずに学校に行ける日が来るのだろうか。髪が薄くなっているのがばれないように前髪を寄せてピンで留めたり、ごまかしきれなくなってウィッグを被るようになったり、べつに悪いことをしているわけではないのに嘘をついている後ろめたさを覚える……そういう気分は消え去るのだろうか。

まったく未来が見えない。こんなだから、ポンコツのままで、宝石になれないんだ。

二カ月に一度の皮膚科の診療では、症状は快方に向かっているから大丈夫と先生に励ましてもらった。ぜったいに焦らないようにね、と先生は繰り返し言った。焦ってしまうと、また後退するかもしれないからと。

そんなことを言われても、思ってしまう。

早く、早く、早く、と思ってしまう。

その日の夜、お母さんに夕子さんが女流棋士だと話すと、やっと？　と言い返されて肩透かしを食らった。知ってたの？　と突っかかるように言い返したら、そりゃね、と少し歯切れ悪く肯定《こうてい》して、操作していたスマホの画面に向き直った。

「だったら、教えてくれたらよかったのに」

「ハルがあの人との会話の中で知ったほうがいいだろうなと思ったのよ」

そう言いながら、お母さんはスマホの画面に指を滑らせて文字を打っていた。

仕事のメールなのだろう。小さく舌打ちしている。お母さんが苦手な上司という人からのものかもしれない。

「夕子さんって検索したらいろいろ出てくるの？」

「うーん、ちょっとはね」

「ほかに夕子さんのことで何か知ってる？」

「べつに」

「今検索して見せてよ」

「裏でこそこそ調べるのってよくないんじゃない」

そんなことを言って、たんに今検索するのが面倒なだけのくせに。お母さんの意識の半分以上はメールの相手に向いていた。

夕子

実家のリフォームが決まった時に、夕子は一人暮らしすることを決めた。

当時、姉夫婦は反対した。父と妹と四人で暮らす設計図を思い描いていたのに、夕子を外に追いやるようなことはしたくないと言った。だったら同居をやめるとまで言い出すから、夕子も夕子で、家を出ることはずっと考えていたことなのだと姉たちを説得した。

本当のことだった。

家を出て自立したい。その思いは、母がいた頃から心にあった。

一人になりたいという気持ちは、将棋をはじめたことと切り離せない。さかのぼれば八歳の頃。米倉先生の教室に通いはじめると、夕子はさらに将棋にのめり込んでいった。指せば指すほど知らない道が見えてくる。駒が道を切り拓いていく。その道は光の筋のように明らかに現れているのに、対局する相手には見えていないものだった。頭の中で駒を動かし、よし、あと七手で詰みになる、とわかっても、相手はまだ気づかぬ顔をしているのだ。

小学生の女の子という珍しさから、道場で知らないおじさんが手解《てほど》きをしてくれようとするが勝ってしまうこともよくあった。

子供向けの大きな大会に出たのが、小学五年の時。あれよあれよと勝ち進んで優勝した。今はなくなった女流棋士を目指す女流育成会に入ったのは中学二年で、その後はしばらく苦戦したものの、それから三年目にしてリーグ戦で好成績を収め、めでたく女流プロ二級となった。

今よりもずっと女流棋士の数が少なかった時代だ。さらに十代でプロの資格を得たということで少し話題にもなり、熱心な将棋ファンが両親の店に詰めかけて売り上げに一役買うことにもなって、正直、鼻が高かった。娘が持ち上げられてまんざらでもなさそうな両親の顔を見ると、誇らしくもあった。注目されることも気持ちよかった。

思えば、この頃が棋士としてのピークだったのかもしれない。

もちろんその後も棋力は高くなり、けっして早いペースでないものの一級、初段、と上がり、二年前には女流二段へと昇段した。

ただ、プロになってからは対局で勝っても、やった！　と思うことがなくなった。プロなのだから負けられない。勝てば、ただひたすら安堵《あんど》するだけ。勝ったことでプラスになるイメージは持てない。何とかマイナスを食い止めたとしか思えないようになっていった。いいところがなく、内容の薄い対局をして負けると、翌朝はなかなか起きられなかった。

そういう日々の中で、自然と一人になりたいと思うようになった。家族といるのが億劫《おっくう》になったというよりも、一人になれたら少しはこの閉塞感《へいそくかん》から解放されるかもしれないと考えたのだ。

落ち込んでいる自分を家族に見られたくなかった。家族に気を遣わせていることは、中学生でもわかっていた。勝っても負けてもできるだけ対局の話をしないようにしてくれているのも、ありがたかった。だけどその気遣いが、プレッシャーにもなっていた。

高校卒業と同時に、一人暮らしをしたいと両親に話そう。一人心に決めていたが、その前に母が病に倒れた。

父が一人で店を切り盛りしなくてはならなくなった。父が料理、母が接客担当だったと思っていたが、下準備やお通し作りなどは母がしていたようで、夕子と姉が手伝っても、大学生のアルバイトの女の子を雇《やと》っても、母がいる時と同じようには回らなかった。

そして、ついにその日を迎えたのだった。

母が亡くなった時から、いつか店を畳むことになるとわかっていた。夕子だけではなく、きっと父も姉もそうだったのだろう。母が亡くなった後、二年も店を続けられたのは意外なくらいだった。

父がタクシーの運転手に転職すると、生活リズムがバラバラで、三人で食卓を囲む時間がほとんどなくなった。それでも時間に余裕がある夕子が家事の多くを担っていたので、姉を置いて、この家を出るという発想も持てなかった。このままずっと、この家で暮らし続けていくしかない。漠然と、そう思うようになっていたので、姉が結婚して実家をリフォームして父と住み続けると言ってくれた時、このタイミングしかないと直感した。

それが、二十四歳の時のこと。

今は、あれから六年が経っていた。

朝ごはんに冷凍していたクロワッサンを温め直した。それをのせた皿を持って、掃《は》き出し窓を開けて狭いベランダに出る。

六階から見える景色は、何の変哲《へんてつ》もない住宅の街並み。真下の路地を歩く人、その向こうの幹線道路を行き交う車、ものすごくお天気が良ければ薄《う》っすらと富士山が見えて、少しだけ得した気分になるけど、今日は見えない。排ガスで柵も室外機も煤《すす》けていて、ピンクのビニールサンダルも履くと足の裏がざらつくのに、それでもここで外の風を顔に受けながら朝ごはんを食べるのが嫌いじゃない。一人でいたいけれど、顔を合わすことのない誰かの気配のそばにいたい。そういう場所にいると安心できた。

子供の頃に遊びで将棋を指しているうちに夢中になって、気がつけばプロの世界に入って今に至るまで、夕子は他の世界を知らない。姉のように一般企業に勤める人の生活と自分がいる場所とは、きっと時間の流れ方が違うのだろうと思う。たとえばテレビドラマなどでヒロインが嫌な上司とやり合いながらも大きなプロジェクトを成功させるような場面を観ても、まったく共感ポイントはなくて、へえそんなことがあるのか、と素朴に感心する。

それくらい、ある意味で今いる場所が、世間という大きな枠組みからはずれたところにある。そんなふうに感じている。

毎日電車で出勤するわけでもない。夕子の場合、対局は月に一、二局。もちろん勝ち進める人は対局数が増えるが、ほとんどの女流棋士の場合、多くても月に二、三局。対局のほとんどが千駄ケ谷《せんだがや》にある将棋会館で行われるので、その時には出向く。

対局以外にも普及活動などの仕事があるものの、依頼が来ても断ることができるので個々によって仕事の量は変わってくる。結婚して子供がいる人や他に仕事をしている人は将棋連盟からの仕事をさほど受けていないが、対局料だけではこの部屋の家賃も払えない夕子は、けっこういろんな仕事をしているほうだろう。

それでも週に四日働けばいいほうだから、普通に勤めている人からはイメージしにくい職業らしい。そんなに楽してお金もらえていいね、と何かの折に言われたこともある。高校の時の同級生だ。友達でもなかったから、失礼なことを言ってくる子なんだと割り切って言い返さないでおいた。

面と向かってそんなことを言ってくる人は少ないし、たいていの人は、どんな仕事だってそれなりに大変だとわかっているから、夕子の職業にも理解を示してくれる。普段は何をしているのかよくわからないし、好きなことをしているとはいえ、それなりに大変なこともあるんだろうな、というふうに。

実際に、自由な時間は多かった。将棋の勉強として課している研究会も、最近は月に一度くらいしか入れていない。自分よりも棋力が高い人にお願いして対局してもらい、自分の弱点などを克服する大事な機会なので、若い頃には先輩に自ら連絡して予定を組んでもらったものだが、自分の年齢が上がるとともに先輩方も仕事や家庭のことで忙しく都合をつけてもらいにくくなった。逆に後輩に頼まれることはあり、予定が合えば応じたいと思うものの、億劫で断ることもままあった。

「夕子は気分を変えるのが下手だから」

母によく言われていた言葉だった。

対局で負けると、翌日も翌々日も、ひどい時にはその週ずっとどんよりしてしまう夕子に、母は呆れるように、案じるように、でも最終的なところでは背中を押すように言ってくれた。ほらほら、次よ。

さすがだ、ママ、よくわかっている。

気分を変えるのが下手なままここまで来たけれど、ちょっと袋小路に迷い込んでいるのかもしれない。

一人で買い物に出かけたり、美容院で髪を切ったり、整体に行ったり、そういう時間はオフと言えるのかもしれないが、いつだって、ずっと頭の中には将棋の盤があるから、根本的にはどこまでも解放はされない。目をつぶっても、瞼《まぶた》の裏に八十一マスが浮かぶ。

出かける用事がなければ、基本的には家にいて、次の対局者の棋譜をパソコンで見て勉強をしたり、インターネットで将棋を指したり、将棋の専門誌を読んだり、そこに掲載されている上級者向けの詰将棋をしたり、どこか義務的に、そんなふうにして時間を埋めている。仕事なのだから、そうするべきなのだとわかっていても、何かを消化できていない。

最後のクロワッサンをゆっくり、ゆっくりと噛《か》んで、飲み込んで、何となく口が寂しいのに、もうお腹はこれ以上いらないと言っている。

小さくて素早く飛ぶ鳥が目の高さと同じ空を横切っていった。日差しは暖かくても、ずっと外気に当たっていると体の芯が冷えてくる。

何気なく耳の上をかきあげた。心もとない指先の感触に一瞬ハッとして、あっそうだった、と思い出す。頸椎《けいつい》の上あたりを、改めて指でなぞる。およそ五百円玉くらいのスペースには毛がなく、ぽっかりと空いている。

数日前、髪を切った時に、美容師に指摘された。夕子さん、これ気づいてる？　とためらいがちに教えてもらった。

「円形脱毛症だろうから、早めに皮膚科に行って診《み》てもらったほうがいいと思いますよ。今はここだけみたいだけど、放って置くと多発することもあるらしいから」

ショックだった。この近くにある美容室で、一人暮らしをはじめてからずっとお世話になっている馴染みの美容師でも、居たたまれない気持ちになった。見つけてもらってありがたいとは思いつつ、勝手にひどく傷つきもした。円形脱毛症を知られたというより、これまで全力で隠してきた生まれつきの痣《あざ》を探《さぐ》り当てられたような、ぜったいに見られたくないものを見られてしまった衝撃を受けた。

肩下までの髪を撫でつけていると、ブーブーと小さな音が聞こえた。メッセージの受信音だ。夕子は立ち上がり棚の上で充電していたスマートフォンを確かめた。

ホーム画面にLINEのメッセージありのマーク、『たかとも』とあり、それを開く。

『夕子、近々こっちに来ることあったっけ?』

とあった。

『明日行くよ、記録係だから』

すぐに返信すると、これまたすぐに既読がついて返事が来た。

『ちょうどよかった！　編集部にいるから、ちょっと寄ってくれる？　お土産渡したいんだ』

『またどこか行ってたの？』

『モロッコだよー』

そのメッセージとほぼ同時に、猫とハートマークのスタンプが届いた。

沈んだ気分を変えてくれる存在を友達と呼ぶならば、おそらく夕子の唯一の友達が高村《たかむら》朋花だ。

夕子も朋花に、親指を立てて『グッ』としている雪だるまみたいなイラストのスタンプを返してスマートフォンを置いた。

ずっと将棋漬けで、学生時代からの友人はほとんどいなかった。たまにご飯を食べたりLINEをし合ったりする女流棋士はいないこともないけれど、勝負の世界で馴れ合うのを良しとせず、お互いのプライベートゾーンに踏み込まないようにしていた。

将棋の専門誌で記事を書いているフリーライターの朋花は、同じ将棋の世界に身を置きながらも勝負しなくていいので、棋士としての悩みを打ち明けられる、ただ一人の存在だった。

朋花、また一人旅かな。いいな、人生を謳歌《おうか》していて。親友を羨《うらや》むと同時に、自分は人生のどこかで選択するべきことをしてこなかったのではないかと思えてしまう。

選択というのも、少し違うだろうか。

たぶん、夢を見てこなかった。そのほうが、しっくり来る。

タイトルを獲《と》ることは目標だった。とにかく勝つことだけを考えてやってきた。だけどこの頃、ふと気づいた。目標は、かならずしも夢じゃないのかもしれない。

もしもタイトルを獲れたとして、たしかにとてつもない達成感を得られるとは思うものの、心から喜んでいる自分というのが想像できない。それはきっと夢ではないから。

そして、そういう人間はけっしてタイトルを獲ることなんてできないのだと承知できるくらいの場所に、自分はたどり着いていた。

夕子はベッドの横のデスクトップのパソコンの前に座り、エンターのキーを中指で弾いた。

次に対局する綱島奈帆《つなしまなほ》女流三段の棋譜を出して眺める。振り飛車党。居飛車の夕子としては、どちらかというとやりやすいかもしれない。

綱島と対局するのは今回がはじめてだ。というのも、夕子より六歳下の綱島が女流棋士になったのは三カ月前のこと。

それまで綱島が属していたのは、女流ではなく、棋士をめざす奨励会だった。

原則的には女流棋士をしながら、棋士をめざす奨励会員を兼業することはできない。鉄の壁とも言われている三段リーグで所定の成績を収めて四段となり、はじめてプロの棋士になれるのだが、その道のりは険しく、さらに満二十六歳の誕生日までという年齢制限も設けられているため、二十四歳の綱島は奨励会の退会を選んだのだった。

女性初の棋士となるかもしれない一人でもあった綱島の女流棋士転向は、将棋界を越えて世間でもそれなりのニュースとして取り上げられたくらいで、夕子も簡単に受け流せるものではなかった。

ネットニュースのコメント欄《らん》に書かれるような、残念だとか惜しいだとか、もう少し頑張ってほしかった、などとは言えない。

ただただ凄いな、と思う。うまく言葉にできない気持ちが胸の中でいっぱいになり溢《あふ》れて、泣いてしまいそうになるのだった。

7　本物の半分

コッシーとカナと一緒にセイラのうちでファッションショーをしようという計画に乗ったのは、もちろん前のめりな気持ちからではなかった。みんなが塾や習い事で忙しい中、何とかどこかで遊ぼうよ、という話になって、断りきれない状況だったからだ。

十一月に入って涼しくなってきたせいか、ウィッグを被っていても、だいぶかゆみを感じなくなっていたし、ウィッグの下に被るインナーの締めつけに窮屈感《きゅうくつかん》があるものの、たいして不快ではなくなっていたから、今なら大丈夫かもという気持ちもあった。

ファッションショーといっても、セイラのお母さんやお姉ちゃんがいない間に、クローゼットにある服を勝手に着て、セイラのスマホのカメラで撮るだけというものだったけど、みんなはりきっていて、ハルも乗り気なふりをしてみせた。

セイラのお母さんは有名な洋服の会社で働いているらしく、おしゃれな服をたくさん持っている。流行にうといハルは、セイラがよく口にする「今年っぽいコーデ」なんてものはわからない。ただ「超かわいい」を連呼する友達に合わせて「超かおいい」と言っているだけ。

ファッションショーならテーマが必要だという話になって、それぞれ将来なりたいものに変身することにした。カナは「保育士」で、セイラは「アイドル」。コッシーは「明智光秀の妻」のコスプレをしたかったみたいだが、セイラの家のクローゼットには戦国武将の妻になりきれそうな衣装がなくて、仕方がなく「ヘアメイクアーティスト」に落ち着いた。

ハルはなかなか決められなかったが、夕子さんの顔が思い浮かんで、「カフェの人」にした。といって、カフェで働きたいわけじゃない。自分の店を持ちたいわけでもない。夕子さんになりたいと言っても、将棋のプロを目指しているわけでも、もちろんなかった。自分のことをわかってくれている夕子さんに憧れているのかもしれない。そういう大人になれたらいいなと思った。

四人の夢が決まったところでまずコッシーがみんなのメイクをして、それから着る服を選んだ。広々としたクローゼットからワンピースやブラウスを取り出しては、自分たちの体に合わせた。ハル以外の三人は超かわいいを連呼して、ふんわりとしたスカートやちょっと透けたシャツを体の前に当てては鏡を確認した。将来の夢を決めておきながら、けっきょくみんな着たいもの選んでいるだけだ。

みんなが自分のことで夢中になっている隙に、ハルは三人に勧められた白のロングワンピースを手にして部屋の奥に入った。盾《たて》にするようにクローゼットの扉の片側を開けて、その裏側に隠れて素早く着替えることにした。

ワンピースなんてほとんど着たことがない。そもそもスカートを持っていない。背中にボタンが付いていて頭から被らなくてはならない形だと、着る時になって気づいたくらい慣れていない。うわ、着にくい、と後悔しても遅かった。服を選び直す余裕はない。三人が着替え終えてしまったら、こっそりと着替える、とはいかなくなる。

しょうがなく頭から被った。頭にひっかからないように気を遣ったにもかかわらず、ボタンが前髪に引っかかって、悪い予想どおり、ウィッグが取れてしまった。

隠れて着替えていてよかった。変な汗をかきながら、ずれたインナーもいったん頭から取って被り直そうとした……その時だった。

「ハルのワンピ姿見ーせーて」

盾にしていたクローゼットの扉の向こう側からコッシーが顔を出し、こちらを覗き込んだ。

ワンピースを着慣れないハルが隠れるようにして着ているのだろうと考えて、コッシーはいたずら気分で覗いたのだろう。

きっと、そうなのだ。コッシーはそういういたずらっ子みたいなことをするし、かなりの至近《しきん》距離で合ったコッシーの目には、そういうわくわく感が溢れていた。

お互いにしばらく声が出なかった。

泡だてた石鹸に水をかけたみたいに、コッシーの目のわくわく感がしゅるるっと消えていくのが、ハルにははっきりとわかった。

数秒の沈黙をやぶったのは、コッシーだった。

「えっ、あれ、髪……」

ハルはすばやくインナーを被った。ちゃんと髪がインナーに入らずにはみ出している上から、ウィッグを被った。前髪の部分が横になってしまって、それだけは慌てて直した。

友達のレアなワンピース姿を期待していたコッシーは、それ以上に衝撃的なものを目撃して言葉を失ったようだった。

二人の間に、耳がしびれるくらい冷たい沈黙が流れる。ようやく状況が飲み込めたように、コッシーはこちらを指さした。

「えっと……かつら？」

ぜったいにばれてはいけない嘘を見破られてしまった。まっ先に、申し訳なさがこみ上げた。全身を覆う氷みたいな冷たさが溶けて、今度は一気に熱くなった。

「……みんなに言わないで」

そう言うのが精一杯だった。

衣装部屋の隣にある子供部屋にいるカナの笑い声が響き渡った。楽しげなその声が頭の中でも反響し、耳の奥で膨らんだ。水の中に潜《もぐ》ったみたいに遠ざかっていく感覚だった。

でもそれは気のせいで、カナはこっちに向かって来ていた。

「見て、ハルとコッシー！　セイラのメイク、超かわいいよ」

コッシーは勢いよく体をくるっと返すと、ハルを残して向こうに行った。

「今そっち行く」

いつもと変わらない声で、コッシーが答えていた。

一人になったとたん、こめかみから汗が潮《しお》を噴くように流れた。百メートル走を全速力で走った後みたいに、心臓も大きく打った。

落ち着け。そうだ、落ち着こう。

自分に言い聞かせた。クローゼットの奥にあった手鏡で髪がおかしくないかを確かめてから、隣の部屋に戻った。

ワンピースに着替えたハルを見ると、セイラとカナは褒《ほ》めちぎった。コッシーも微笑んでいたが、どこかぎこちなかった。スマホで撮影会をしている間も、コッシーの顔がまともに見られなかった。コッシーも同じ気持ちなのか、ずっと話しかけてこなかった。

三人がさらにメイクをしはじめたので、その間に、ハルは手早く自分の服に着替えた。

「もう帰るね」

「うそ、着替えたの？　まだ三時だよ？」

アイドルのつもりが、メイクが濃すぎてマレフィセントみたいになっているセイラに、ハルは精一杯の笑顔を作ってみせた。

「お母さんと出かけるんだった」

ごめん、と短く言い残し、ハルは自分のバッグを肩にかけて階段を駆け下りた。


わたしがいなくなったら、コッシーはセイラとカナに言うのかな。

わたしがウィッグだということをばらしてしまうのかな。

ぐるぐると考えながら家に向かって自転車を漕いでいると、ショートパンツから出た太《ふと》腿《もも》に赤い染みが落ちた。

血だ。鼻血だった。

自転車を道路の端に止めて、バッグの中を探った。ハンカチしかない。どうしよ……。下を向いてしゃがんでいると、いきなり肩を叩かれた。知らないおばあさんが鼻血に気づいて、ティッシュをくれた。着物みたいな生地のカバーに入ったポケットティッシュだ。数枚取り出して鼻を拭ってから鼻の穴に栓《せん》をするように突っ込んだ。太腿に落ちたものも拭き取る。おばさんのうち、すぐそこだから休んでいく？　と訊かれたが、大きく首を横に振って答えた。

「でもあなた……すごいわよ」

おばさんはこちらの顔を覗き込んで、まじまじと見つめた。メイクが落ちきっていないのかもしれない。ウィッグもずれているのかもしれない。

そんなに見ないでほしい。

わたしのことを見ないでほしい。

ハルは鼻の穴にティッシュをぎゅっと押し込むと自転車を走らせた。おばさんの視界から外れたところで、もう一度自転車を止める。喉に回ってきた鼻血が気持ち悪くて路上に吐き捨てた。赤い唾がぽってりとした丸になって落ちた。

鼻血ってどうやったら止まるんだっけ。顔を天に向けた。ポップコーンをばらまいたような雲が、ゆっくりと流れていた。

逃げ出したい気分なのに、一人にはなりたくなかった。

ガラス戸に顔をつけて覗いてみると、ラッキーなことにお客さんがいなかった。中に入ると、カウンターの中にいた夕子さんがこちらを見て顔をぎょっとさせた。

「どうしたの、その顔？」

「鼻血……出ちゃった」

「ほっぺたにも血がついちゃっているし、やだ、もしかして、メイクもしてる？」

「友達と遊んでて」

夕子さんはじっとこちらを見つめる。それにしたってその顔はないよと言いたげだった。

「とにかく、顔洗っちゃおう」

「うん……ごめん」

「いいよ、謝らないで、ほらおいで」

夕子さんに背中を押されて洗面台のあるトイレに入る。鼻の穴に突っ込んでいたティッシュを外して顔をじゃぶじゃぶと洗った。空調のきいた室内で血の気が引いたのか、鼻血は止まっていた。

「はい、これで拭いて」

差し出された柔らかな白いタオルに顔を埋《うず》めていると、急に涙が出てきた。泣いているのを隠そうと声を殺そうとしたけれど、うまくいかなくて、もういいや、としゃくり上げた。

「何があった？」

夕子さんの声が優しくて、さらに嗚咽《おえつ》がこみ上げた。

「ねえ……なんでだろう」

「何が？」

「わたしって、どうしてこんななの？」

「こんなのって？」

「どんどんダメになっていく」

「そんなことない」

「そんなことあるよ……どうやったら勝てるんだろ？」

絞《しぼ》り出した声はかすれて、小さく震える。

「勝つって誰に」

誰にってわけじゃないけど……と思いながら、首を横に振る。泣いているせいか、頭を振ったら首の付け根あたりが痛んだ。

「わかんないけど……今のわたしは負けてるもん」

「ハルちゃん」

「だって。こんな、本物なんだかニセモノなんだかわかんないような気持ちの悪いかつらを被んなきゃいけない時点で負けだってば」

「気持ち悪くなんてないよ」

「あるよ……あるんだよ」

夕子さんにはわからない。ハルは心の中で言い返した。

この間も、ウィッグを洗っている時に思った。

このウィッグは、本物の髪が半分、ニセモノの髪が半分でできていて、今の自分みたいだと。百パーセント本物だと手入れが大変で、百パーセントニセモノだと、どうしても不自然になってしまうから、ハーフハーフがいいのだと、お母さんがたくさんの情報をかき集めて選んでくれたものだ。

母親からの大事なプレゼントで、自分の弱い部分を守ってくれる盾だから丁寧に洗おうとするけれど、水を吸ったウィッグは死んだ小動物みたいで、どう見たって薄気味悪い。死んだ小動物みたいに薄気味悪い女子は、どう考えても負けている。そう思って、人知れず絶望した。

「たとえば、将棋ならね」

夕子さんが言った。

「自分が弱いから負ける。人のせいじゃない。だから、もしもハルちゃんが勝ちたいなら、自分が強くなればいいんだと思う」

強くなりたい。こんなふうに泣きじゃくるのは、本望じゃない。

夕子さんに手の甲を拭かれながら、ハルはしゃくり上げる。手の甲にも鼻血がついていた。

「ハルちゃんは、自分の王様が攻められるのが怖いんじゃない？　だから一生懸命、王様を守ろうとする。自分の王様ばかりを見ているんじゃないかな。でも将棋って、相手の王様を取らないと勝てないの。攻めていかなくちゃ勝つことはできない。せっかく取った持ち駒だって、ハルちゃんは使いたがらない。相手に取られるのが嫌だからね。違う？」

そう言われて、ハッとする。たしかにせっかく駒を取っても、取り返されるのが怖くて、だからうまく使えなかった。

「持ち駒を盤の外で並べているだけじゃ、もったいないんだよ。飛車なんて、盤上に置かないと輝けない。飛車を取ったら、できるだけ早く使ったほうがいい。それも、自分の陣地の安全なところに置くんじゃない。相手の陣地ですぐに取られない位置にバシッとね。なぜかって、すぐに竜になれるから。敵陣に打てば、次に自分の陣地に下がったとしても竜になれる。敵陣に置かないと竜にはなれない」

「そりゃそうなんだろうけど……」

わかっていても、なかなかできないと思う。ハルの心を見透かしたように、夕子さんは頷いた。

「勇気がいる。相手の陣地に大駒を置くのは怖いもの。でも思い切って相手の懐《ふところ》に入ってみると、一気に状況が変わることってあって……もしも今のハルちゃんが不利な形勢にあると思えるなら、そういう勇気を持ってみたら」

瞬きもせずにこちらを見つめる夕子さんの目を、ハルも見つめ返す。

「あるんだよ。あなたの手の中に、まだ使える大駒が」

とても大切な言葉を告げるように、夕子さんはゆっくりと言った。

「あるの……」

ハルは自分の手を見る。この中に、そんな大駒なんてあるの。半信半疑でそう思うハルの手を、夕子さんはそっと摑《つか》んで広げた。

何もない小さな手のひらの真ん中あたりを、夕子さんの人差し指と中指がトンッと跳ねた。

「覚えているよ。初めて会った時に、言っていたよね、飛車が好きだって」

「うん」

「だったら、使ってあげないと。盤上での戦術は、意外と現実にも役立つよ」

夕子さんはハルの頰を拭うと、よし、と気合いを入れるように言ってから棚から将棋セットを取り出した。

「格上の四枚落ちと対局する時の必勝法をやってみよう」

夕子さんの言葉に、ハルはひとつ頷く。

いつの間にか涙は止まっていた。


月曜日、学校に行くと、セイラとカナはいつもと変わりなかった。ただ、コッシーはよそよそしかった。

「おはよう」と声をかければ、「おはよう」と普通に返ってくる。「あの後、どうだった？」と訊くと、「ああ、まあ」と曖昧に頷かれて終了。

距離を置かれているのかもしれない。それを肯定するように、休み時間も、コッシーはハルのところに来なかった。

給食当番のコッシーはパンの担当で、ハルはそわそわと落ち着かない気分で列に並んだ。コッシーの前に来てお皿を差し出すと、揚げパンを置いてくれた。

「塚本《つかもと》の揚げパン、甘くするねー」

何か話しかけようと力んでいたハルをかわすように、コッシーはハルの後ろにいた塚本くんに話しかけた。袋の底にたまった砂糖にたっぷり押し付けた揚げパンを、塚本くんの皿に置いている。少しもこちらを見なかった。

それでわかった。これは、完全に避けられている。わたしと話したくなくて、たいして仲良くもない塚本くんに話しかけたんだ。

どうして？　なんでわたしが避けられないといけないの？　何も悪いことをしていないのに。むしろ被害を受けたのは、こっちじゃないの？

その後、コッシーとセイラとカナが一緒にいるところに入っていくと、「あっ、トイレ行ってくる」とコッシーはふいっと輪を抜けた。不自然だったから、めざといセイラが反応した。

「なんか、二人変じゃない？」

ハルは上履きのつま先あたりに視線を落とす。セイラのため息が聞こえた。それでも答えないでいると、セイラは教室を出ていった。たぶんコッシーを探しに行ったのだろう。

「何かあった？」

コッシーとセイラの態度に驚いたカナは、おどおどした表情でこちらを見ていた。この子のこういうのんびりしたところに今はほっとする。

「何かって……まあ」

「喧嘩《けんか》？」

こういうのを喧嘩っていうのだろうか。

「コッシーに、避けられているみたい」

そう言ったものの、少し後味が悪い。自分の言った言葉が、コッシーを悪者にした言い方に響いたからだ。

「いつから？　だって、セイラの家で遊んだ時は普通だったじゃん」

「その時に、ちょっと気まずくなった」

「だからだー早く帰ったの？　なんか変だと思ったんだ。ハル、泣きそうな顔してたから、ちょっと心配だったんだよ」

「……ごめんね」

「原因は？」

それは言えない。ハルが黙っていると、もう、とカナも苛立《いらだ》ったように唇を尖らせた。

「あたしさ、平和がいいの。グループ割れとか嫌なんだ。ミチルのグループも、揉めてて、清水《しみず》さんだけはぶられてるじゃん」

「そうなの？」

「知らなかった？」

まったく気づかなかった。ここ最近、自分のことでいっぱいで、まわりをじっくり見る余裕なんてなかった。夕子さんの言葉が蘇った。

——自分の王様ばかりを見ている。

「仲直りしてよね」

「そうしたいけど」

「謝ったら？」

「謝るって、何を？」

「わかんないけどさ」

何が悪いのかもわかっていないのだから、謝りたくても謝れない。いつもと変わらず呑気なチャイムが鳴り響いた。

8　四人組

　その翌日、登校したら靴箱のところでコッシーと会った。

「おはよう」

　思い切って声をかけると、コッシーはじっとこちらを見つめ、だけど返事をせずにスニーカーを自分の靴箱に置くと行ってしまった。

　中休みに、カナがハルの席に来た。

「まだ、コッシーと仲直りできていないの？」

「うん……」

　国語の教科書をランドセルにしまいながら、ハルは頷いた。

「なんで喧嘩したの？　コッシーに聞いても教えてくれないんだ。何があったのかわからないと、あたしもセイラもどうしようもないじゃん」

　コッシー、わたしがウィッグを被っているってセイラとカナに話していないんだ。よかった。でも、セイラとカナに本当のことを話せないから、コッシーも困っているかもしれない。

この髪さえ禿げなければ、こんなことにはならなかったのに……。

そんなことを考えていると、セイラとコッシーがこっちに来た。正確には、セイラに腕を摑まれながらコッシーが無理やり連れて来られたのだ。

「はい、連れて来たよ。どうして喧嘩しているのか話してください」

ねえ、とセイラはカナを見る。

「うち四人組でしょ。秘密とかなしだよ。ぜーんぶ話して、仲直りしよう」

カナはにっこり笑う。完全に自分がものすごくいいことをしていると信じきっている表情。秘密とかなしって、ぜーんぶ話してって、そんなに簡単に言わないでほしい。

ハルは黙って俯いた。

「だって……」

コッシーの声。それで顔を上げる。コッシーはこちらをじっと見つめる。今朝、靴箱で会った時よりも鋭い目つきで。

「コッシー、何?」

セイラが先を促すと、コッシーはゆっくり瞬きした。大きな目が少し潤んでいるように見えた。

「ハルが、嘘をついたから」

「……そんな、ついてないよ」

ハルが言い返したら、コッシーの眉間の皺が深くなる。

そんな目で睨まないで。

胸を棒で強く突かれたように痛んだ。

「あんなこと、知らなかった。騙《だま》していたんでしょ、嘘をついているのと同じことだよ」

コッシーが声を荒らげると、セイラとカナまで不安そうな表情になる。

「嘘って、何のこと？」

カナがハルに訊く。

「ねえ、言ってよ」

セイラはコッシーに言った。

コッシーが言う「嘘」というのは、きっとハルがウィッグを被っているということなのだろう。だけど、それは「嘘」じゃない。本当のことを言っていなかっただけで、騙していたつもりじゃない。言いたくても言えなかっただけなのに。

ハルとコッシーが押し黙っていると、セイラが大きなため息をつく。

「やってらんないよ。せっかく仲直りさせてあげようと思ってやってんのに、もう勝手にして」

「四人組だと思ってたんだけどな」

カナが悲しそうに呟いた。

何だっていうのよ？　わたしが悪いって言いたいの？　好きで秘密を作ったわけじゃない。わたしだって四人組だと思っていた。友達なんだったらもっとわたしの気持ちをわかってくれてもいいじゃん。悲しいという感情を通り越して、むかついてきた。

全部、禿げ、禿げてしまったせいだ！　何がウィッグだ！　いくらカタカナでおしゃれに言っても、禿げを隠すためのかつらってこと。こんなものを被らないといけないから、こんなふうに追いつめられることになって……何もかもが嫌になってきて、ハルは頭に手をやる。

全部をおしまいにしてしまいたいという感情と、少しくらい同情されたいという想いがごちゃまぜになった、自分でもよくわからない気持ちで、被っていたウィッグを外した。

「やだっ」

小さく叫んだのは、セイラだった。

いったいどんな髪型になっているのだろう。セイラの口があんぐりと開いた。ウィッグを外した後の髪型はものすごく変だから、そういう顔になるだろう。

「えっ……かつら？」

ワンテンポ遅れて、カナのひっくり返った声。

「この間、セイラの家に遊びに行った時に、コッシーにばれたの。騙していたつもりじゃない。言えなかっただけ。でも、嘘をついていたって思われるんだったら、もうそれでいいよ」

ハルはコッシーを見る。

これでいいんでしょ？　気が済んだ？　目でそう伝えた。コッシーは口を一文字に結んで、こちらを見ていた。

鏡がないところだとうまく被れないから、ハルはウィッグを手にしたまま教室を出てトイレに向かった。

もったほうなのかもしれない。だって二学期の初日にはウィッグだとばれると思っていたのだから。

かわいいものが大好きな女子だから、もうわたしを仲間にはいれてくれないだろう。だって、禿げた女子はかわいくない。かわいくない女子は仲良くしてもらえない。

その後の休み時間、ハルは三人には近づかずに一人で過ごした。やることがなくても、机の上に突っ伏して寝たふりなんてすれば淋しいやつ認定が下されてしまう。日直だったから日誌を書いて、トイレに行って『ほけんだより』の正しい手洗い方法を見ながらバカ丁寧に手を洗ったものだから手がふやけた。

楽しいことをしていると、たった十分の休み時間は早くすぎていくのに、何もすることもなく一人でやり過ごす数分は、息苦しいほど、じれったくゆっくりと流れる。

そして、教室の窓から見える雲は、なぜかおそろしいまでに大きく見えた。このあたりは高い建物がないから、三階から見る空はだだっ広くって、遠くのほうにある大きなコッペパンみたいな雲がずんずんと近づいてくるように見えるのだった。

自宅のトイレに置いてあったお母さんの週刊誌に、地震の前兆《ぜんちょう》に現れる雲の特集があったのを思い出す。コッペパンみたいな形の雲が現れると、数日の間に地震が起こるかもしれないと書いてあった。

地震雲？　数日のうちに大きな地震が来るのかもしれない。ねえ、見てよ、と誰かに言いたくても、その誰かの腕を摑めない。

のっぺりとした雲はのんべんだらりといつまでも続きそうな不安そのものみたいで、その雲に飲み込まれた自分が霧雨に濡《ぬ》れているような、じっとりとした心地悪さ。

翌朝も、また西昇降口を入ったら上靴に履き替えているコッシーと鉢合わせた。普段はこんなところであまり会わないのに、気まずい時に限って会ってしまう。

昨日みたいに、おはようとは声をかけなかった。ハルは何も言わずに履き替えていると、

「……あのう」

コッシーのほうから声をかけてきた。

でもその瞬間、ハルの中で押し留めていた感情が一気に沸騰《ふっとう》したようになった。今にな

ってごめんとか言ってくるわけ？　と言ってしまいそうだった。もう少し気が強ければ口から出ていたかもしれない。でもハルは面と向かってそんなことを言えなくて、その代わりにコッシーを無視して階段を駆け上がった。

教室に入ると、何となくいつもと雰囲気が違うように感じた。気のせいかなと思いながら、ハルは自分の席についてランドセルを置いた。

「おはよう、橘さん」

横に来たのは、山際《やまぎわ》さんと権藤《ごんどう》さんだった。

「おはよう」

「あのさ、ごめんね、昨日見ちゃったんだけど」

山際さんが張り切ったように口火を切る。いきなり、ごめんね、と言われていったい何を言われるのかと身構えた。

「橘さんの髪の毛、かつらなんだよね？」

権藤さんは少し声をひそめる。息だけの声になったせいで、どこか面白がっているようにも聞こえた。

昨日の、「やってしまった」現場を見られていたのか。あの時は興奮していたから周りが見えていなかったけれど、後になってから、けっこうたくさんの子に見られたのかもな、とは思っていたからびっくりはしなかった。でも、今になって自分のしたことをちょっと後悔する。

「……そうだけど」

「どうして？　円形脱毛症ってやつ？　うちの犬もなったことあるよ」

山際さんは言った。

「いつから？　今、それもかつらなんだよね？　全然わかんないね」

権藤さんはこちらの頭に手を伸ばしかけ、でもさすがにまずいと気づいたのか、すぐに手を引っ込めた。

そばにいた子たちも、待ち構えていたように近づいてきた。それって病気なの？　治るものなの？　という声が聞こえる。

顔が熱くなった。髪の毛の中もかゆくなってきた。思わずこめかみあたりを掻いたら、かゆいの？　大丈夫？　と心配の声が上がった。

「……大丈夫」

「かわいそう。なのに、越田さんたちひどいじゃん」

たった今自分の席に座ろうとしているコッシーを見て、山際さんは言った。

「えっ、何？」

教室に流れている不穏な状況を理解できていなくて、コッシーは不意を突かれたように訊き返した。

「昨日見てたの。橘さんは悪くないよね。あれでしょ、かつらだって教えてくれなかったからって怒ったんだよね？　それっておかしくない？　普通さ、友達だったら、あんなふうにみんなの前でかつらを取らせたりしたら、悪かったなって思うよ。こっちこそごめんってなるよ？　違う？」

どの教科でもよく手を挙げるし、運動会の応援団長もやったし、人気のある放送委員もしている。つまりできる女子で、いかにも山際さんらしいきっぱりとした責め方だった。

「橘さんだって、好きでなったわけじゃないんだし。かわいそうじゃん」

権藤さんの声も大きくなる。権藤さんは山際さんと仲良しで、サッカーがうまくて走るのも速い。できる女子から言われる、かわいそうじゃん、が頭のてっぺんに重く乗りかかった。

「いや……えっと」

何を言い返していいのかわからなくて、意味もなく笑ってみた。誰も笑ってくれなかった。むしろ、哀《あわ》れみのムードが濃くなった。

山際さんの肩越しに、教室の奥のほうで男子たちがかたまっているのが目に入る。ニヤニヤと笑っている顔がいくつもあった。当然だろう。女子の喧嘩を離れたところから見ているぶんには楽しいよね。哀れみも嫌だけど、かわいそうじゃんって思われながら笑われるのは最悪。

視線を動かすと、すごい形相《ぎようそう》でセイラが近づいてくるのが見えた。ああ、やばい。ハルは逃げ出したくなる。

「何かあたしたちに言いたいことがあるの？」

気の強いセイラは、こういう状況で黙っていられないのだ。

「昨日見てたの。橘さんにたいして、ひどーい」

「何も知らないくせに勝手なことを言わないでくれる？　あたしたちのグループのことにどうして山際さんが入ってくるわけ？　意味わかんない」

「橘さんと友達なのは、越田さんと新木さんと木元さんだけじゃないでしょ。あたしたちだって、ねえ」

山際さんは権藤さんを見てから、こちらにも頷きかける。

ハルはどう反応していいのかわからず固まっていたが、何か言わないことには事態が悪くなりそうで、ちょっと待って、と手で制した。

「わたし、大丈夫だし……なんかごめん」

「大丈夫じゃないよー」

「橘さんが謝ることないって」

「そうだよ、悪くないんだから」

いったい誰が言っているのかわからないくらい、いろんな声が重なり合う。

「あのさ、音楽室に移動する時、一緒に行こう」

権藤さんがハルの腕を摑んだ。にっこりと微笑まれた口の、歯についている矯正の器具に、ノーとは言わせない迫力がある。

たいして仲良くもなかった山際さんたちに急に囲まれて混乱した。

だって、どうして？

三時間目が終わった後、山際さんのグループに連行されるみたいに音楽室へ移動した。後から音楽室に入ってきたコッシーとセイラとカナの気配はわかったけれど、三人を直視できなかった。

「でもさ、パッと見、全然わかんないよね」

「かつらの下って、どうなってんの？」

「毛が抜けちゃっているんだよね？　痛くないの？」

山際さんグループに囲まれたハルは、矢継ぎ早に質問される。どれから答えたらいいんだろうと困るくらい、みんなが一度にしゃべっていた。

「痛くないけど、ちょっとかゆい」

誰にというわけではなく、ハルはとりあえず答えた。

「かゆいのって辛いよねー。あたしもアトピーでさ、たまにすっごく肌がかさかさになってかゆくなるの、もうギャーッてなるもん。だから、わかるー。かわいそうー」

「何でそうなっちゃったんだろう？　ストレス？」

「ああ……よくわかんないんだよね」

ハルがそう答えると、百パーストレスだよ、と山際さんが言った。

「うちのポッキーも旅行中にペットホテルに一週間預けたんだ。家じゃないし家族もいないし、知らない犬や猫がいっぱいいるじゃん、かなりストレスだったみたいで、ペットホテルから戻ってきたら前足やお腹が禿げちゃってたんだよね」

山際さんの飼い犬の話に、超かわいそう、と何人かの声が揃って、ちょっとハモったみたいに響く。ハルも、へえ、という感じの反応を薄くしておきながら、本当はずっと背後が気になっていた。

後ろのほうの席に座っているはずのコッシーたちが、今どんな顔をしているのか。山際さんと一緒にいるハルのことを冷ややかに見ているかもしれない。そう考えたら、とてもじゃないけれど振り返って確かめることなんてできなかった。

朝に、コッシーに声を掛けられた時、意地を張ったりしないで返事すればよかった。コッシーが言いかけた、「あのう」の後に何を言おうとしたのかが、今になって気になる。

その日を境に、山際さんたちは積極的にハルに話しかけてくれるようになった。

彼女たちにとって自分は、きっと「病気の人」なのだろう。ハルよりもずっと大人びている（実際に山際さんも権藤さんも、まだ一四〇センチちょっとのハルより大きくて、背の順でも後ろのほうにいる）彼女たちは「病気の人」には優しくしなくてはならないと思ってしているのだ。

病気なうえに仲良しグループからはぶられてひとりぼっちな子には親切にしてあげなくては、てこと。

夕子

朝の九時に千駄ヶ谷の将棋会館に入った。対局に使われる部屋に入り、記録をつける机を出し、対局者の座布団や脇息《きょうそく》などをセッティングする。将棋盤と駒台も用意したら、駒を持ってきて一枚ずつ駒を布で磨《みが》く。そうこうしているうちに対局者が入室する。

今日はタイトル保持者である里村麻衣子《さとむらまいこ》女流四段と中学二年生で女流棋士となり破竹の勢いで勝ち星を重ねている会田沙羅《あいださら》女流初段の対局で、段位が下の会田のほうが先に来て下座についた。

「おはようございます。よろしくお願いします」

記録係である夕子の前に来て、正座してお辞儀した。会田は俯き加減で目頭を指でつまむように押さえている。少し目が赤いように思ったが、よく眠れなかったのかもしれない。快進撃を続けている会田であっても里村との一局には、神経をすり減らしているのだろう。

そう想像していると、里村がやって来て上座につく。夕子と会田がお辞儀すると、里村も深々と頭を下げた。

同じ眠れない夜でも、会田と今の自分とでは心持ちが違うのだろう。憧れの先輩と対峙《たいじ》するという緊張感、何としてでも勝ちたいという強い気持ち、それと同じくらい捉えどころのない不安。眠ろうと目をつぶっても瞼の裏で駒を動かしてしまって頭がどんどんと冴えていく焦燥感《しょうそうかん》。きっと会田は、そんな夜を過ごしたのだろう。

夕子もかつて経験したことがある。でも今の自分の中で、憧れや勝ちたいという気持ちはすっかり埃を被ってしまっていて、緊張感と不安だけが馴れ合うように居座っていた。

記録係の夕子が振り駒をし、先手が会田となる。初手の７六歩を進める音が部屋の空気を変えた。

盤を挟んで向き合う者たちの気が、夕子には見える。比喩《ひゆ》でなく、本当に可視できる。すっとまっすぐに伸びた鋭い矢のようなものが向かい合い、局面とともに流動する。とぐろを巻くように蠢《うごめ》いたり、うねったり跳ねたり、あたりを飲み込むほどに太く膨らんだりする。そんな目に見えない気迫がぶつかり合う将棋というものに惹かれ、知らぬまに取り込まれてしまっていた。

駒の音しか聞こえない静かな畳の間で、夕子はぼんやりと過去を振り返っていた。

将棋を覚えてしばらくして、米倉先生の教室で学ぶようになったら一気に棋力が伸びた。入った時にはアマ八級だったのが一年の間に二段まで昇段し、周囲の大人たちを驚かせた。その後、少しペースを落としながらも順調に三段、四段と駆け上がり、大会に出れば、ほらあの子だよ、と知らない人に噂されるようにもなった。

そんなふうに注目されることも気持ちよくて、ますますやる気になった。将棋であれば、自分は特別になれる。そう思えたから、とにかく負けたくない一心でやってきた。

そう、ただ将棋を指し続けてきただけだった。

気づいたら女流棋士になれる資格を得て、選択するという感覚もなく、この世界に入った。一級から初段に上がった時と同じような感覚とさほど変わらない。何となく踏み出した一歩にすぎなかった。

だけど、その一歩先はまったく違う場所だった。お金をもらって将棋を指す人たちが戦っているところは、これまでやってきた将棋のようで、まったく違うものだった。盤も駒も同じなのに、そこにいる人たちが別次元だった。そこにいる人たちが見ている景色が、おそらく自分にとって異次元の世界なのだとわかった。

それでも後戻りするわけにはいかなくて、上を目指すしかない。これまでやってきたように、ガツガツとやっていけば、きっと自分の見えている景色も変わるのだろう。そうなるために、そう祈るように、夕子は対局を積み重ねてきた。

そして実際に、二級から一級へ、初段へと上がり、そこから時間をかけて二段にも昇段した。

それなのに、いっこうに目指す場所は見えなかった。ずいぶんと進んだようなのに、自分のいる場所がわからなかった。エベレストみたいな高い山を登っているのはわかっている。てっぺんはほど遠く、さらに振り返ってみても、自分が来たはずの道さえ、足元から吹雪で消えていく、そんな状況が続いた。

対局の途中で昼食休憩が入る。

いつもがっつり食べる里村は親子丼を、普段は大食いだが対局中は胃にもたれないものを心がけているとかで、会田はサンドイッチとゼリー状のドリンクを取っていた。夕子も駅から歩いてくる途中で買ったツナマヨネーズのおにぎりを一つ食べた。

後半、この調子でいくとけっこう長い対局になるかもしれないと思い、実際にしばらくじりじりとした神経戦が続いた。お互いの角は前線に出てにらみ合い、駒を奪い合う時間が続いたが、けっきょく指運《ゆびうん》は会田にあった。

終了したのは三時すぎで、思っていたよりも長丁場にはならなかった。

『今終わったんだけど、編集部にいる？』

片づけを終えたところで、夕子は朋花にメッセージを送った。返事は五分もせずに来た。

『もう少しで一段落するから、サブウェイで待ってて！』

うさぎがハートの投げキッスを送っているスタンプと一緒に届いた。

サブウェイでアイスコーヒーを半分ほど飲んだところで、ようやく朋花は現れた。

「お待たせー。こっちが呼んでおいて悪い」

息急《せ》き切って向かいに座った朋花は、相変わらずな元気オーラを発散していた。黒のパンツに編み上げのごつい靴、黒の薄手のダウンジャケットを着て、なぜだかいつもリュックは背中ではなくお腹で抱えるように掛けている。旅に出ていなくても、旅先にいるような空気をまとっているのだ。

「マイマイに勝ったね、サラぽん」

ドリンクを片手に、朋花は向かいに座ってリュックを隣の席に置く。ショートヘアの前髪を両手で大きく掻き上げると、ふう、と一息ついた。

対局結果を確認したのだろう、里村と会田の勝敗をもう知っていた。サラぽんはともかく、夕子にとって女流棋士の先輩である里村をマイマイと呼んでしまえる朋花の立ち位置が羨ましい。

「終盤の攻めが強かったの。おそるべし十六歳、まだまだ伸びそう」

「女流の層も厚くなってきたよね。そういえば、いよいよでしょ、綱島ちゃんとの対局。緊張してる？」

「困ったことに全然……」

「そんなに対策したんだ」

「逆だよ。気合いが入ってないんだ。たぶん負ける」

「おっと、プロの棋士としてあるまじき発言だな」

昨日も、これまでの綱島の棋譜に対峙してみたものの、すぐに気持ちが塞がってしまった。

まったく集中できなくなったものだから、散歩に出たはいいが、歩けば歩くほどあれこれと逡巡《しゅんじゅん》し気分が滅入る一方で、気づいたら一駅分歩いていた。進むことも戻ることもできなくなり、けっきょく駅前のカラオケボックスに一人飛び込んだのが、夜の七時。ここで号泣しながら歌ったら少しは悶々としたものが晴れるのかな……いや、するべきこともできずに、カラオケボックスで歌って泣いてスッキリしたのでは、本当にプロとして失格か……などと、またしてもあれこれと考えていたら歌うのも白けてきて、延長せずに一時間で退出した。

「ひどいよね。気持ちで負けてて勝つことはないもん」

「この世界に考えすぎなんて言葉はないのかもしれないけど、考えてもダメな時はあるよ」

朋花の目に案じる色が帯びる。

「自信がないんだよね。そもそも、自信なんて持ったことあったのかどうかもわからないけど……将棋ってさ、相手が強いから負けるんじゃなくて、自分が弱いから負けるんだって、そう思うようにして指してきた」

「そういうふうに考えないと、自分の可能性を潰《つぶ》しちゃうしね」

「なのに、どうしたものか、勝てる気がしなくて」

「ちょっと盤から離れてみたら？　ほら、中継室のモニターで自分の対局を見ると、見えていなかった手が見えたりもするでしょ。少し将棋と距離を置くってのもありだと思うけどな」

将棋と距離を置くということ。だけど自分は中途半端なことはできない性格だ。少し休んで、また戻るという道は考えられない。

引退、という文字が頭に浮かんだ。白か黒かはっきりとしたい性格だからこそ、たんなるルーチンワークとして将棋を指すことができない。

そうは言っても、朋花が言わんとしていることもわかった。生き方を変えないと……夕子はさりげなく耳の下に手を差し込み、そこにぽっかりと空いた空間を指先で確かめた。

朋花に打ち明けてみれば、少し気持ちが楽になるだろうか。円形脱毛症になっちゃったんだよね、と笑って言ってみようか。メンタル弱すぎだよね、と吐露してみたい。そう思うものの、やっぱり情けなくて言い出せなかった。

「単純にさ、夢がほしいんだよね」

その代わりに、夕子はそう打ち明けた。

「夢？」

「タイトルを獲りたくてやってきたけど、よくよく考えたらそれって目標であって夢じゃないんだ」

「夕子はストイックにやってきたからね、あたしとは違って」

「ねえ、朋花はどうしてプロにならなかったの?」

「ならなかったんじゃなくて、なれなかったの。あたしは無理だよ」

「そんなことないよ。あのまま続けていたら……」

夕子が朋花とはじめて会ったのは小学五年。

小学生女子対象の将棋大会での決勝であたり、夕子が優勝、朋花が準優勝となった。同い年の女子で自分と同じくらいの棋力の子に出会えたことは、かなりインパクトのある出来事で、それは朋花にしても同じだったと思う。それを機にいろんな将棋大会の会場で会うようになり仲良くなった。

中学に入ってからも夕子と朋花は、アマチュア枠のあるプロの公式戦に出るなど、文字どおり良きライバルとして競い合ってきたのだった。

二人の道が分かれたのが中学二年の時だ。女流育成会に入った夕子とは逆に、朋花は高校受験に専念したいと将棋から離れるようになった。

「中学に入った頃から将棋が楽しいと思えなくなっていたんだよね。夕子には負けたくない一心でやっていただけで、頭打ちだったんだろうな」

「わたしだってそうだったよ。朋花には負けたくなくて」

「夕子は将棋バカっていうか、将棋だけだったじゃん。あたしは違ったもん。今だから言えるけど、好きな男の子がいたんだわ。その人、普通に行けば公立トップ校に入れるくらい頭がめちゃくちゃ良かったの。あたしも同じ学校に行きたくて、それで思い切って将棋をやめたってわけ」

「そうだったの？」

こんなに長い付き合いなのに、はじめて聞いた話だった。

「本気で将棋に向かい合っていた夕子には、とてもじゃないけど言えなかった。もう時効ってことで軽蔑しないでよ。そういう理由だったけど、どこかでずっと逃げ道を探していたのかもな。ものすごく気持ちが楽になったものだから、勉強なんかも全然苦じゃなくて、けっきょくあたしがトップ校に受かったのに好きな人は落ちちゃって。でもさ、あの時に無理して続けなかったからこそ、今も将棋のことが好きでいられたのかもって思ったりする」

朋花は大学で将棋部に入り、アマ五段を持っている。新卒で小さな出版社に入ったが、やはり将棋に関わりたいと思ったのか、フリーのライターとして将棋の記事を書くようになった。

「たしかに本気で将棋に向かい合ってきたと言えば聞こえはいいけど、わたしは立ち止まって考えることをしてこなかったのかもしれないよ」

「夕子はよくやってる。オーディエンスのいる世界にいるって、本当に大変だろうなって思う。将棋にだけ専念できるかっていうと、そうでもないじゃん。何かと外野がうるさいし、女ってだけで私生活まで詮索《せんさく》されることもあるしさ。そういうことで嫌気がさしてきているのもあるんじゃないの？」

こういう時代だから、ネットの掲示板であれこれと書かれることもある。数年前には、週刊誌に失恋を揶揄《やゆ》されたこともあった。当時付き合っていた奨励会員だった男性が年齢制限で退会し、それがきっかけで女流棋士である夕子との関係もぎくしゃくするようになり破局したという内容だ。ゴシップ三十連発という寄せ集めみたいな小さな記事だったもののの、将棋ファン以外には顔を知られていない夕子の恋愛沙汰を取り上げるなんて、よほどネタがなかったのだろう。

「そういう世界に身を置いたのは、自分で決めたことだからいいの。それよりも応援してもらって期待に応えられないほうが、今のわたしにはきつい」

「背負いすぎなんだってば。ファンなんて応援したいからしてるんだから」

そうは言ってもね……と心の中で呟き、夕子はほとんど氷だけになったドリンクのカップをストローでかき混ぜて鳴らした。二人の間の沈黙を、店内に流れるアップテンポな曲が埋めていく。

「あっそうだ、本題を忘れちゃうところだ」

隣の席に置いたリュックを膝に置き、朋花はファスナーを開けた。そういえば旅のお土産か。

「モロッコに行ってきたんだっけ？」

「シャフシャウエンっていう、街中が真っ青に塗られていてね、それは素敵で」

「真っ青に？」

「透明な海の底にいるみたいなんだよ。あんな景色見たことない」

猫もたくさんいたよ、と朋花は嬉々《きき》として話す。旅好きの朋花がはじめて見る景色だと思えたという遠い異国の街に、夕子も思いを馳《は》せた。

「いいな、行ってみたい」

「行けばいいじゃん。普通に勤めている人間よりかは自由に時間使えるんだし。そうだよ、旅行でも行けば気分も変わって、また前みたいに指せるかもよ」

はい、これ、と朋花は茶色の紙袋を差し出す。受け取って見ると、中からサラサラしたピンクの布が出てきた。

「きれい。ストール？」

「ヒジャブっていうの。ムスリムの女性が頭や体に巻く布なの。肌触りもいいでしょう」

イスラム教徒の女性が頭などを布で覆っている姿は知っている。黒のイメージが強いが、こんなにもきれいな色のものもあるのか。

「ターバンみたいに巻いてもかわいいね。わたしの実家、飲食店だったでしょう。母は店で、こういう布をいつも頭に巻いていたな」

「お母さん、おしゃれな人だったよね。大会でもレモン色のワンピースを着てきたりしてた」

「よく覚えているね」

朋花の記憶力の良さに感心しながら、たしかにと思い出す。母は派手すぎないのに人の目を引くファッションを好んだものだった。

「ヒジャブって、アラビア語でね、『覆い隔てるもの』っていう意味らしいの」

「へえ、そうなんだ？」

「覆うはわかるけど、隔てるって、いったい何からなのかなって考えてみたんだ。俗世的な欲望とかなのかなって思いがちでしょ？」

「ああ、なるほど」

「でも、そうでもないかも。あの土地に行ってみるとヒジャブを被ったかわいらしい女の人がたくさんいて、ただ禁欲的なわけでもないんだよね。何から隔てているのかは、あたしにはけっきょくよくわからなかったんだけど、あの土地で生きている彼女たちは、大きなものに守られているんだろうな」

大きなものに守られるのか。それはいいなと思って、その美しいピンクの布を眺める。シルクのように艶《つや》やかで、触れているだけで優しくなれる気がした。

9　歩の化け物

ウィッグだってことがクラスにバレてしまっていると話したら、予想どおり、お母さんはまたメソメソと涙ぐんだ。

「ぜったいにウィッグだってわからないと思って、このメーカーで作ったのに。やっぱりオーダーメイドのほうがよかったのかな」

「見た目でバレたんじゃないから」

ハルの言葉を聞き流して、母は自分を責めるように嘆いた。

「ケチらないで、高いのにすればよかったね。ううん、ケチったんじゃなくて、こっちのほうが似合ってるって思ってさ」

ハルは内心呆れてしまう。お母さんって、ちょっとずれているのだ。こういうところが頼りなくて、それはそれで好きなんだけど、こっちも余裕がない今は鬱陶《うっとう》しい。

「うっかり脱いでいるところを友達に見られちゃったの。まあ、それからいろいろあって」

「いろいろって……何なのよ、いろいろって？」

「話せば長いから。とにかくもうウィッグで隠す必要ないのかも」

ハルがそれでいいのならかまわないけど、でも、とお母さんは悩ましげに眉根を寄せた。

「自分が少しでも気にしていることを無神経にいじられたら、思いのほか傷ついたりするものよ。べつに隠さないといけないものじゃないけど」

お母さんの言いたいことはわかるけど、ハルの中では禿げているのを誰に知られていようとも構わなくなりつつあった。投げやりではなく吹っ切れた気分に近い。それでもお母さんの表情を見ていると、自分のためではなく、この人のためにウィッグを被るべきなのだろうとも思えた。

どうしたらいいのかわからなくて、ハルは夕子さんに相談した。

「自分が一番楽なようにすればいいと思うけど、脱毛症は精神的なものもあるかもしれないし、焦らないほうがいいかもしれないね」

そう言われて、やっぱりウィッグは被っておくことにした。たぶんお母さんと言っていることは同じなのだけど、夕子さんに言われると、素直に決められる。お母さんが信じられないというわけじゃない。ただ、今のハルには、親ではないのにそれと同じくらい信用できる大人の言葉のほうがすんなりと受け入れられるのだった。

ウィッグだとバレるかもという不安感は和らいだものの、コッシーとセイラとカナと距離ができてしまったぶん、学校にいる時間は息苦しいままだった。

山際さんたちとしゃべっていても、その中で自分はお客さんみたいで、心を許せているわけではなかった。


こういう状況だから、普段よりもいっそう部活に救われた。

「この後、あの店に行くの？」

将棋部の活動が終わって片づけをしていると、浅見くんがそばに寄ってきた。この時期にふさわしく長袖にベストを着ているハルと違って、浅見くんの服は夏でストップしているのか、いまだに半袖のボーダーシャツ。しかも暑いのか裾《すそ》でせわしなく扇いでいた。

「あの店って、『Ｈｕ・ｃａｆｅ』？」

彼のお腹から目をそらして聞き返すと、浅見くんは頷いた。

「今日行ってみたいんだけど、暇だし」

「親の了解をもらわないとダメだよ。わたしはちゃんと母親の了解を得ているし、夕子さんとも友達だから問題ないけど、勝手に子供がカフェに出入りしているって学校に知られたら、夕子さんにも迷惑がかかるかも」

最初は自分だって親に内緒で通っていたことは伏せておいた。

「親がいいって言ったら、行ってもいいってこと？」

「まあ、そうかな」

曖昧に首を傾げると、お母さん、と浅見くんがいきなり後ろを振り返った。何を言っているんだと思ったら、教壇のところで貸し出し用の本を段ボール箱に詰めていたお当番役のお母さんがこっちを向いた。

「今日さ、将棋できる店に行っていい？」

浅見くんはその人に言う。

「前に言ってたところ？」

と、その人が答えるのを聞いて、浅見くんのお母さんなのだとわかった。今日のお当番に来ていたのか。

「橘さんが連れて行ってくれるって」

「いや、ちょっと……」

そうは言っていないんだけど、と思ってハルは戸惑いながら浅見くんと浅見くんのお母さんを交互に見る。浅見くんのお母さんは作業の手を止めて、こちらにやって来た。

「橘さん、同じクラスよね」

「あ、はい」

優しく微笑まれ、ハルはぎこちなく頷いた。

「日向《ひなた》と仲良くしてくれてありがとうね」

「いえ、そんなに……」

仲良くってほどでもないんだけど。っていうか、浅見くんって日向って名前なんだ。どこかほわんとしている彼にぴったりだった。

「この子って変わったところがあってご迷惑をかけることもあると思うけど、どうぞよろしくね。今日も、一緒にいいのかしら。ありがとうね」

ダメですとは言えない流れになってしまった。浅見くんのお母さんは続けた。

「日向、将棋は好きなんだけど、長い時間じっと座って教わるってことができないみたいで、教室とかに通えないの。こういう部活でやるのはまだ大丈夫そうだけど、ちゃんとした場所だとつらくなるのね。それでも前に住んでいたところからは千駄ヶ谷の将棋会館にも自転車で行けたから、時々道場で指したりはしていたんだけど、引っ越したからそれも難しいし」

ねえ、と浅見くんのお母さんは穏やかに、少しだけ困ったような目をして浅見くんを見ていた。目がどことなく浅見くんと似ている。小花柄の白いブラウスの一番上のボタンまできちんと留めていて、ちゃんとしたお母さんだった。

「せっかく二段まで取ったのにな」

二段？　とハルは浅見くんを見る。たしか将棋部では初段までランクアップしていたように思うが、すでに二段の棋力まで持ってたんだ。

「あっ、もう終わりの時間ね」

盤を片付けはじめる子たちを見て、浅見くんのお母さんは言った。

「行ってもいいよね？」

浅見くんがもう一度訊いた。

「本当にいいのかな、橘さん？」

浅見くんのお母さんは、息子ではなくハルに訊いた。

「大丈夫だと思いますけど……」

何だかよくわからないが、彼を夕子さんの店に連れていく役回りになっているようで、拒《こば》むこともできずに頷いた。

下校の放送が流れて、ハルもランドセルを背負って浅見くんとともに廊下に出た。

東階段の脇の出入り口が開放されていて、校庭でサッカー部が練習しているのが見えた。赤いポールをジグザグにドリブルしている権藤さんの姿が目に留まる。数少ない女子サッカー部員の一人で、外のサッカークラブにも入っているくらい上手い。

ドリブルを終えると、権藤さんはサッカーボールを地面に落とさないように足や膝を使ってリフティングを続け、ヘディングして向こうに飛ばした。

かっこいいな。でもわたしには無理だ。だってヘディングなんてしたら、かつらが飛んじゃうし。あっ、違うな。そもそもサッカーなんてやったことないんだった。

そんなことを考えつつ後ろを振り返ったら、浅見くんは廊下の向こうのほうで天井を見上げていた。何かぶつぶつと独り言を呟いていた。変わった男子だな。でも意外と、コッシーたちや山際さんたちよりも浅見くんといるほうが気楽かもしれなかった。

「お待たせ、行きましょうか」

浅見くんのお母さんが片づけ終えて出てきたので、三人で下校することになった。ハルと浅見くんが並んで、少し後ろを浅見くんのお母さんが歩く。

「前は、どこに住んでたの？」

無言で歩くのも変なので、ハルは浅見くんに訊いた。

「港区《みなと》」

「って、どこだっけ」

「東京タワーのある辺りと言ったらわかるかしら」

浅見くんのお母さんがそう答えて、ハルの隣に並んだ。

「東京タワーの近くに住んでたんですか？」

「見えたよ、前に住んでいたマンションから」

今度は浅見くんが答えた。

「東京タワーのライトアップが消えるのを一緒に見たカップルは、ずっと一緒にいられるんだって。友達が言ってた」

女の子ってそういうの好きね、と浅見くんのお母さんは微笑んだ。

「ライトアップが消えるところって、案外見たことないわね。満月の夜にはライトアップが変わるの、きれいよ」

コッシーに教えてあげたかった。ライトアップが消えるのを見るよりも、満月の日の東京タワーを見に行くほうが簡単に実現できそうだ。今すぐにでも教えてあげたいのに、できないことがもどかしい。

浅見くんはいきなり廊下を駆け出した。向こうにいる守衛《しゅえい》さんに手を振っている。守衛さんも浅見くんを見つけて、ニコニコとした。仲良しなんだ。同級生とはそんなに遊ばないけど、将棋とか同じことに興味があるハルには話しかけてくるし、自分が好きだと思ったら人懐っこいところがあるんだな。少しずつ浅見くんという子のことが理解できてきた。

「日向の父親の仕事が不規則なもので、前は職場から近いマンションに住んでいたんだけど、あの子がちょっと限界で」

浅見くんのお母さんが言った。

「限界？」

「小さい頃から、感覚が鋭すぎるの。ちょっとの音でもうるさがったり、光を眩しがったり、匂いに敏感だったり。成長とともに落ち着くだろうって言われていて、たしかに慣れた感覚もあるんだけど、耳だけは過敏なままでね。都市部だったから、騒音はどうしようもなかったの。自衛隊のヘリもよく飛んでいたし、近くには高速道路もあったし、朝も夜もサイレンが聞こえたし。偏頭痛《へんずつう》まで訴えるようになったから、こっちに引っ越したのよ。もっと郊外に行けばさらに静かなんだろうけど、この子の父親の仕事もあるし、このあたりの閑静《かんせい》な住宅街ならいいと思って」

「そうなんですか」

「六年生になっての転校生なんて、変だと思ったでしょう」

そういえば教室のエアコンの音をうるさがっていたことを思い出す。クラスの子の名前と顔をすぐに覚えていたのも、感覚が鋭いせいなのかもしれない。

「浅見くん、もう治らないんですか?」

「治るとか治らないとかじゃなくて、個性かなと思ってる。それなりに苦労するだろうけど、日向にしかできない輝き方があると思っているから」

輝き方か……。

正門を出たところで、浅見くんのお母さんと別れた。浅見くんが一緒に来ないでいいと言って、それじゃあ、ということになったのだ。

お客さんはいなかった。夕子さんは一瞬だけ物珍しいものを見るような目でこちらを眺めたものの、すぐにいつもの夕子さんの笑顔になった。

そして将棋部の浅見くんだと紹介しただけで、一局やってみる？　と夕子さんのほうから誘ってくれた。

カウンターの前のテーブル席に、浅見くんと夕子さんは向かい合わせに座る。ハルは浅見くんの隣に座った。いつもなら頭に布を巻きにカウンターの奥に行くところだけど、今日はまあいいか。

店の電話が鳴って、夕子さんがテーブルを離れた。

ハルはテーブルの横に立って、座っている浅見くんを見下ろす。あのさ……と気になっていることを切り出すことにした。

「浅見くんって……わたしの髪の毛のこと、知ってるんだっけ？」

部活の時から気になっていたことだった。あれだけ教室で騒ぎになったのだから知っていてもおかしくない。それなのに、浅見くんはハルの髪を気にする様子は少しもなかった。

「髪の毛って、かつら？」

あっさりと言われて、そう、とハルもあっさりと頷いた。

「やっぱり知ってたんだ」

「そりゃそうだろ、すげえ大きな声で言ってたじゃん……って、橘さんがじゃなく、山際さんとかがだけどさ」

そっか、この人は異常に耳がいいのだった。まじ、うるさかった、と口をひん曲げながら駒を手に取る浅見くんを見て、ハルは思わず笑った。やっぱり浅見くんだと気楽だ。

コッシーに見られた時も、こんなふうに普通に反応できたらよかったのか。こっちが深刻になったから、コッシーもどう反応していいのかわからなくなったのかもしれない。ずっと自分が被害者のような気持ちでいたけど、はじめてコッシーにたいして申し訳ないと思った。

夕子さんが言っていたことって、こういうことなのかな。

相手の懐に入ることで、飛車は竜になれる。

その意味が、少しわかった気がした。

何だか嬉しくなって、ハルは身を乗り出すようにして浅見くんの顔を覗き込んだ。

「いいこと教えてあげる。夕子さん、プロの女流棋士なんだよ」

「ふうん。何段？」

「二段だって。浅見くんと同じだね」

「はっ、プロの二段だろ？　全然違うって」

浅見くんは尊敬のまなざしで、向かいの席に戻ってきた夕子さんを見た。

夕子さんは状況をわかっていなくて、うん？　と目で問い返す。

「プロの二段なの？」

ハルは夕子さんに訊くというより、確認した。

「だから、アマの二段じゃないんだって」

浅見くんがハルに言い返した。

「プロとアマじゃ、同じ二段でも違うの？」

ハルは浅見くんに訊く。

「将棋部だよな？　そんなことも知らないんだ？」

上から目線で言われ、ハルはむっとした。

「すみませんね」

口を尖らせたハルを見てから、浅見くんは少し緊張した顔を夕子さんのほうに向けた。

「段位って、プロとアマじゃ違いますよね？」

どういう会話なのかわかったようで、そうね、と夕子さんは頷いた。

「だいたいアマの四、五段くらいでも奨励会の一番下のほうかな。女流棋士だとまた違ってくるんだけど」

「だってさ、長谷川《はせがわ》先生でアマの五段だって。あの人、県大会で優勝したことあるって言ってたけど、それでもプロの段位だと一番下ってことだよ」

長谷川先生というのは、将棋部に来てくれているおじさん先生だ。ボランティアで来てくれている先生の中ではダントツに棋力が高く、けっこう強い子たちを相手に三人指しもできるほどなのに、それでもプロだと下っ端《したっぱ》になるとはびっくりだった。

改めて夕子さんがいかに高いところにいたのかを実感できた。

それにもかかわらず、浅見くんは四枚落ちという夕子さんの提案を拒んで二枚落ちで挑《いど》んだ。こういうのを何と言うんだっけ。怖いもの知らず？　身の程知らず？　まあ、わたしだって最初は平手で対局したんだっけ。

夕子さんの初手で銀を金の上に。浅見くんは角道を開ける。

夕子さん、中央の歩を突く。浅見くんの手も迷いなく歩を進めていく。

「定跡はきっちり入っているね」

攻められているにもかかわらず、夕子さんの表情は嬉しそうだった。

自分がやったことのない駒の動かし方で攻めていく浅見くんが、かっこよく見えた。だけど当然、夕子さんが子供にたやすく負かされるわけがない。

序盤に浅見くんがうまく形を作れたのは、夕子さんが相手の腕前を確かめるために考える時間を与えたにすぎなかった。夕子さんの歩の動きはすごい。歩なんて、一番弱いと思っていた。それなのに、ハルが知っている小さな兵士ではなかった。強くて自由だった。夕子さんの指にかかると魔力を持つようだった。歩の交換で、夕子さんは銀を取り、金を取り、飛車も角も取る。

それに反比例して、浅見くんの顔は硬くなっていく。奥歯を噛み締めた表情で、息をしていないようにさえ見えた。

夕子さんの指は、終盤になっても少しも迷わなかった。わらしべ長者みたいに、夕子さんの手元に強い駒が増えていく。それに目を奪われているうちに、浅見くんの玉が詰んでいた。

「参りました」

浅見くんに合わせて、夕子さんも頭を下げる。

「銀多伝《ぎんたでん》の手順はお見事だったよ」

夕子さんは立ち上がり、カウンターの中に入っていった。

「なんだ、あれ……全然勝てる気がしなかった」

夕子さんが離れたとたん、浅見くんは張り詰めていた表情を緩めるように長い息を吐いた。

「長谷川先生より強いよね」

「そういうレベルじゃない。道場でもあんなに余裕で攻めてくる人いない。歩の動き方が尋常じゃない。歩の化け物だよ」

化け物って、とハルは小さく噴き出したが、浅見くんは少しも笑っていない。ハルよりも棋力のある浅見くんは、夕子さんの攻めの怖さを実感できたのだろう。

「わたしもせめて浅見くんに勝てたら、少しは自信がつくのかな」

「せめてって、ねえ。橘さん、けっこう失礼」

「いや、悪い意味じゃなくて。夕子さんに勝つのはとても無理だけど、浅見くんなら、一度くらい勝てるかもしれないなって」

「だから、それが失礼なんだって」

なかなか鋭いツッコミを入れてくる浅見くんが面白くて、ハルは笑った。変な子だけど、悪いやつではない。

いつか夕子さんが言っていた。

相手が強いから負けるんじゃなくて、自分が弱いから負けるということ。

だったら、浅見くんに勝てるくらい自分が強くなれれば、現実も変わるのかもしれない。

10　サンタクロースは来ない

そうしているうちに、二学期が終わろうとしていた。

午後に休みをとったお母さんと一緒に、ハルは夕子さんの店に行った。たいしたものじゃないんですけれど、と言いながら、蜂蜜《はちみつ》やチーズの詰め合わせを渡していた。

長いお休みの間、お母さんはできるだけハルを一人にさせたくない。夏休みに入る前も塾の講習やサマーキャンプを勧められたけれど断固拒否して、ほとんど家に引きこもっていたのだ。それだけは避けたいらしい。

「冬休みの間も、すみませんが」

「いつもいただいてばかりで申し訳ない。この間持ってきてくださった紅茶もおいしかった」

「あれ、わたしも好きで」

「ミチコさん、いろんなものをよくご存知ですよね」

そのやりとりを聞いていたハルの耳は聞き逃さなかった。今、何て言った？

「ミチコさんって言った？」

会話に割って入ったハルに、二人の顔が同時に向いた。

「お母さん、たまに寄ってくれるのよ、おいしいものを持って。この間も、クリスマスフレーバーの紅茶を持って来てくださったの」

「そうだったの？」

だから夕子さんが女流棋士だということも知っていたのか。自分の知らないところでお母さんが動いていることが少し鬱陶しく感じられたものの、お母さんと夕子さんが友達みたいに仲良く話しているのは嬉しかった。

電話がかかってきて、お母さんは店の外へ出て行った。

「これ、お母さんと食べて。シュトーレンっていう、クリスマスに食べるドイツのお菓子」

夕子さんはハルに小さな包みをくれた。

「ありがとう」

「橘家にもサンタさんは来るのかな」

「来ないよ、そんなの」

「あら、そうなの？」

「幼稚園までは来てくれていたけど、今のマンションに引っ越してからは来てないよ、一度も」

「そっか」

「サンタクロースが来てくれない家って損だよね？　プレゼントをもらえるとかもらえないとかじゃなくて、サンタクロースが来るかもしれないと思ったらお願いをするでしょう。現実的に叶《かな》わないようなことでも、お願いするのは自由だし。だって、相手はサンタクロースだから」

「ハルちゃんは、何をお願いしたいの？」

すぐに頭に浮かんだのは、コッシーとセイラとカナだった。前みたいに仲良し四人組に戻れますように？　でもちょっと違うかな……。

「すべて思いどおり……とか？」

あまりにもぼんやりした願いごとで、自分で言って笑ってしまう。

「ハルちゃんの思ったとおりって、どういうものなの？」

「わかんない。でもなんか、いろいろうまく行かないからさ」

「だったら、まずは夢を見てみるといいと思うな」

「夢？」

「眠る時に見る夢じゃないよ。将棋で勝つためにも、夢を見ることからはじまる。相手の王様を追い詰める未来を想像するの。その夢を実現していくために、一手、一手指していく。自分の思ったとおりに生きていくのも、同じなんだよね」

夕子さんはふんわりと微笑んだ。

夢って言われてもな。

ハルは何となく空を見上げる。今にも雪が降り出しそうな曇り空の、薄ぼんやりとした光を眺めた。


地球の北のほうの外国からトナカイが引くソリに乗ってやって来るサンタクロースは、魔法使いみたいな存在だった。

だって世界中の子供たちに、一晩でプレゼントを配るなんてことを、ただの人間のおじいさんじゃできないもの。しかも外国人なのに、日本語で書いた手紙だって読んでくれて、望んだプレゼントを用意してくれる。

魔法使いが持ってきてくれるプレゼントは、魔界のようなところで調達されたものだと、ハルは信じていた。洋服でもおもちゃでも、ネットやヨドバシカメラで買ったものではない。値段なんてないし、予約待ちもない。クリスマスの朝に目が覚めて、枕元に置いてあれば、わーい、と喜べばいいだけだった。

ハルのもとにサンタクロースが来てくれていたのは、幼稚園までだった。

――今年のクリスマスからは、サンタクロースの役をお父さんが引き継ぐことにしたから。ほしいものがあったら、サンタクロースじゃなくて、お父さんに連絡してくれ。

庭のある古い一軒家をお母さんと出ることが決まった時に、お父さんにそう告げられた。その宣言どおり、クリスマスにサンタクロースは来ることはなくなった。その代わりに、ハルが手紙でリクエストしたものを、お父さんが買ってきてくれる。

一年に一度の、お父さんに会う日になった。

今年は、まだ父に手紙を書いていなかった。

「ハル、お父さんから」

お母さんがスマホをこちらに差し出した。早く出て、と突き出されたそれを受け取って耳に当てた。

「もしもし」

「おう、元気か」

「まあね。お父さんは」

「ちょっと腰が痛い」

「どうかしたの」

「年だな」

「おじさんくさい」

「立派なおじさんだ」

電話の向こう側は静かだった。あの古い家にいるのかな。畳の部屋がたくさんあって、茶色の縁側があって、たくさん柿がとれる木がある庭。もうっすらとしか思い出せない、その家の夜を思い出そうとした。

「今年のプレゼント、何がいい」

「特にない」

「ないっていうのは困るんだって。服か？　鞄《かばん》か？　もう美少女戦士みたいなのがほしいって年齢でもないもんな」

美少女戦士って何？　と思って呆れてしまう。

「今年はいらない。クリスマスプレゼントをもらうような年じゃないし」

「お前よりもずっと年上の姉さんたちだって、時計だの財布だのって高価なプレゼントをもらって喜んでいるぞ。クリスマスプレゼントに年齢制限なんてない。それに勝手に止《や》めたら、サンタクロースの代理として示しがつかない」

父親らしい威厳のある言い方だけど、よく考えたら、少し間が抜けていた。

「だったら、お父さんに任せる」

「任されても困るんだって」

「だったら、いらない」

「年々強情になっていくな。誰に似た？」

そんなの、こっちが聞きたいくらいだ。

「また一緒にご飯を食べるんでしょ。楽しみにしてるよ」

「なんだか大人みたいな切り返しだな」

「もういい？　じゃあね」

こちらの話に聞き耳を立てていたらしい母がキッチンから出てきたので、スマホを返した。何をリクエストされたの？　と電話の向こうに訊いている。ああ、そう。難しい年頃になってきているから、と言っているのも聞こえた。

サンタクロースからのプレゼントだったら、何の気兼ねもなく受け取ることができるけれど、お父さんからのプレゼントとなると、あれこれと考えてしまう。素直に喜べないから、いらない。去年、デコレーションシールを作れるセットをもらった時も、うまく喜べなかった。どこかのおもちゃ売り場で買っているその姿を想像したら、嬉しいという気持ちよりも申し訳なさが優《まさ》ってしまう。

「もう子供じゃないんだから、プレゼントなんていらないのに」

自分の部屋に入ったところで、ハルは小さく呟いた。

夕子

木曜、朝から雨が降っていた。

いよいよ、綱島奈帆女流三段との対局の日。

準備を整えた夕子は、出る間際になって、部屋の棚の一番目につくところに置いている駒袋を手に取った。

ママ、できるかな？

グレーと白のチェックの袋は、さすがに色あせてきている。

母からの最後のプレゼント。

それは、お守りみたいなもの。


母が亡くなってから、ときどき、血というものについて思いを馳せるようになった。べつに難しいことではない。あの父と母が結ばれて、今の自分がいる。相手が違っていたら、今の自分ではないという、そういう奇跡みたいなことについて考えていると、少しばかり自分の足元がしっかりと固まるように感じるのだった。

そうすることで、いつも味方になってくれていた母への喪失感《そうしつかん》を埋めるしかなかった。

父と母が出会ったのは、都内にあった今はなき料亭だったらしい。結婚してしばらくして、あの八王子の土地で『かん吉』という居酒屋と小料理屋の間みたいな店を二人ではじめた。神部《かんべ》という名字の『かん』に縁起のいい『吉』を組み合わせたという、たいしてひねりのない店名が覚えやすくてよかったのか、開店して間もなく常連がついたといつだったか母から聞いたことがあった。それも多少の謙遜《けんそん》があって、父の料理はなかなかのものだったし、母のもてなしや料理のあしらいなどもセンスがよかったのだろう、今から思えばそのように想像がついた。

母の器収集は仕事というよりも道楽の域だったし、グラスもお猪口《ちょこ》も箸置きも子供が並べて遊んでも楽しいくらいにいろんなデザインのものを揃えていた。

母自身の着るものにもこだわりがあるほうだった。高級なブランドもの志向ではなく、むしろ一点物なんかを好むタイプで、夕子の記憶の中の母は細身の黒いスパッツのようなものに大きめの麻のワンピースを合わせたり、いろんな布をパッチワークしたエプロンをつけたり、足首にさりげなく細い金のアンクレットを光らせたりしていた。

そして店にいる時には頭に布を巻いていた。三角巾的な実用性もあったのだろうけれど、そういう母の装いも客の目を楽しませていたに違いなかった。

そんな生命力に溢れた母が、突然電池が切れたみたいに倒れた。

夕子は高校三年生だった。まさに青天の霹靂《へきれき》で、母が侵《おか》された病について父から説明をされてもしばらく受け入れることができなかった。

すぐに手術となり、一応成功したと聞いていたが、数か月後にまた入院となった。今度は手術ではなく薬による治療だった。しばらくして退院したものの、最期まで入退院を繰り返した。

ある日、夕子が学校帰りに病院に寄ると、母は調子が良かったのかベッドの背を立てて待ち構えるように迎えてくれた。

そして、夕子にこれ、と言って枕の下に隠していたものを取り出したのだった。

えっ、何？　と受け取ってみると、それは小さめの巾着袋だった。

「ママが作ったの、駒袋」

そう言われてみれば、たしかに将棋の駒を入れる駒袋だ。

「うわ、ありがとう」

「今使っているほうが生地もいいし素敵だから、おうちで使う用としてね」

将棋会館の売店で購入した駒袋は、着物みたいな織物の布で出来たものだった。それに比べれば、いかにも手作りでカジュアルな作りだなと眺めていて、そのグレーと白のチェック柄に見覚えがあることに気づいた。

「これ、頭に巻いていたやつじゃないの？　いいの？　頭に巻けなくなっちゃうじゃん」

夕子が驚いて言うと、いっぱい持っているから、と母は笑った。

「ママってお裁縫《さいほう》が苦手でしょう。まあ、苦手なのはお裁縫だけじゃないけどね。パパはお料理が上手で、清子は勉強ができるし、夕子は将棋が上手。ママだけね、取り柄がないのは」

「そんなことない。ママが作るだし巻き卵は最高だよ」

「あれはね、たしかに。あなたたちが美味しいって言ってくれるから、たくさん作っているうちに腕が上がった」

「この駒袋だって、かわいい。わたし、この布が好きだったし、すごく嬉しい」

「夕子、これが好きだったなと思って。デザート作る時に巻いてやったら、喜んだでしょう」

「そうだったね」

店のデザート作りの手伝いをしていたのは小学生の頃だから、十年も前なのに、ついこの間のように思えた。

「ほら見てよ、下手くそなりに頑張って刺繍も入れてみたんだから」

青い糸で縫いつけた『ＹＵＫＯ』はボコボコとしていて歪《いびつ》だけど、ゆるキャラみたいな味わいがあった。

「娘が二人もいるのに一着も手作りの服を作ってやれなかった。学校の家庭科をもうちょっと真面目にやっていたら、入院中にもセーターやマフラーを編んでやれたのにね」

どうして駒袋を作ってくれたのだろう。そこには母のどういう想いがあるのだろう。そんなことを考えようとしたら、その先に光一つない漆黒の未来があんぐりと口を開けて待っているような気配があって、笑っていた自分の顔が崩《くず》れてしまいそうになった。

ベッドの上で調子が良い時にひと針ふた針と縫ったのであろうそれは、縫い目が均一ではないし舗装《ほそう》されていない田舎道みたいにまっすぐではなかったが、不思議なくらい丈夫にできていて、十年以上使っているのにたいしてへたっていない。妙に力が抜けているのに背筋はしゃんとしていた、母そのものみたい。

九時半より少し前に対局室に入ると、記録係の机のところにいた、おそらく奨励会員の若い男の子が深々と頭を下げる。夕子も正座で一礼してから、下座の座布団の上に移った。

対局中に飲むための六百ミリリットルの麦茶を脇息のそばに用意していると、綱島奈帆女流三段が入ってきて、下座にいる夕子を見てハッとする。

「わたしが上座というのはちょっと……どうぞこちらへ」

そう言って夕子に上座に移ってほしいと手で促す綱島に、いいえ、と夕子は大きく首を横に振って断る。

「わたしは二段ですから」

「でも、女流としては新人ですから」

「いやいや、関係ありません」

夕子の言葉に、それでは、と綱島は思慮深そうな眼差しを伏せて頭を下げると、毅然《きぜん》とした佇《たたず》まいで上座に着いた。

綱島が駒を盤に出す。綱島が『王将』を取り、夕子が『玉将』を取る。それを中心に金、銀、桂、香と並べていく。それぞれのペースで、パチン、パチン、と駒の音が響く。

白のシャツに紺のパンツスーツというかっちりした格好をしてきた夕子とは対照的に、綱島は質のよさそうなキャメルのセーターにクリーム色のロングスカートで、少しふっくらとした色白の肌によく似合っていた。

記録係の振り駒で、先手は夕子となった。

「よろしくお願いいたします」

盤を挟んで、二人同時にお辞儀して対局がはじまった。

夕子の初手、飛車先を進める。

綱島は、角道を開ける。

きっと飛車を振ってくるだろう。案の定、綱島は上げた角の下に飛車を滑らせて、得意の三間飛車。

ペットボトルのお茶を一口含んだ。肌寒い。エアコンのジーンという音と、窓を打つ雨。集中しようと思うのに、やけに耳が敏感になって気が散る。

目も少し霞《かす》む。ピントが合わない。ダメだ、もっと意識を盤に向けなくてはいけない。そぞろな気持ちのまま、居飛車穴熊《あなぐま》という形を作るために惰性のように玉を左に動かしている。

——イメージするんだよ。

頭の奥のほうで、そんな声が蘇った。

米倉先生の顔が脳裏に浮かんだ。今日みたいな雨の日、あの教室の窓から見える景色が灰色に濡れていた。

あの頃は窓際に長いベンチシートが置かれていて、米倉先生はそこに座布団を置いて胡座《あぐら》をかいていた。ジーンズに、ごちゃごちゃしたイラストがプリントされた黒いＴシャツを着ていた。先生が好きなイギリスのロックバンドのＴシャツだと、いつだったか聞いたことがあった。

——将棋っていうのは、王様を詰ませたら勝ちっていう単純なルールなんだ。そのためにはどんなふうに駒を動かせばいいのか。夕子ちゃん、盤の上に未来を思い描くんだ。

米倉先生は水滴がいっぱいついたグラスのアイスコーヒーに口をつけて、ちらっとこちらを見る。試すような目。いや、挑発するような色もある。ほら、指してみろ。もっと指したい手があるんだろ。

必死で定跡を組み立てようとしているこちらの頭の中さえも、すべて見通されていた。

――定跡はたしかに大事だ。でも囚《とら》われすぎてはいけない。将棋は勝つか負けるかはっきりしていて、九十パーセント優勢だったとしても最終的に自分の玉が詰んだら負けだが、勝とうと思いすぎて指してはいけない。矛盾したことを言っているように聞こえるかもしれないが、要は、いい手を指せってことなんだ。

勝とうと思いすぎないで、いい手を指す？

小学生の夕子には、米倉先生の言わんとしていることがわからなかった。だから素直に首を傾げると、米倉先生は破顔した。

――いい手っちゅうのは、自分が思い描いた未来にたどり着くための一手であるということなんだな。あのさ夕子ちゃん、一説によると将棋の棋譜っていうのは十の二百二十乗あるって言われる。これがどれくらいの数なのか、まあ、ピンとこないよな。正直、俺だってわからない。よく比較として出されるが、宇宙に存在するすべての粒子が十の八十乗らしいぞ。どれくらい膨大な数なのかって、それで少しは想像できるか。途方もないよな。そんな茫漠とした中で道を見つけ進んでいくって、勇気がいるんだよ。迷って当然なんだ。迷いながら、それでも思い描くんだ。自分が信じた道を、勇敢に進んでいくんだ。つまり、将棋っていうのは相手が強いから負けるんじゃないんだな。自分が弱いから負けるんだっってことだ。

米倉先生の視線に捕まったように、夕子は動けないでいた。魔物に睨まれて石のように固まりながらも、負けたくない……改めて、強く、そう思ったらとたんに涙が溢れ出た。止めようにも勝手に流れ出てくるものだから、手の腹で押さえて止めようとした。泣きたくなんかない。でも負けたくないって思うだけで、気持ちが高ぶって、ヒクヒクと背中が震えた。


そうだった。そんなふうに思ったのだ。

いつの間にか、穴熊らしき形にはなっていた。中盤、綱島の受け、夕子の攻めの展開になった。

向かい合う人の表情を確かめる。冷静そのものだ。焦りもひるみもない。当然だろう。まだ優劣がはっきりしていないはずだ。それなのに、なぜ自分はこんなにも怯《おび》えているのだろう。

夕子の角が飛躍する。焦りによる攻めになってしまったか。そう思ったら、さらなる焦りが生まれてくる。対する綱島は挑むところだとばかりに角を上げ、夕子の香車を取り馬になる。

しばらくはお互いの馬で駒を奪い合うものの、綱島のほうがずっと馬力があった。

たしかにここは、宇宙のように孤独だ。

闇の中にひと欠片の光をも見つけられない。なんの手がかりもない中、でたらめに足を踏み出している感覚だった。

いったいどこで間違ったのだろう。いつの間にか有効な攻めがなくなっている。固く作った穴熊は逃げ場のない牢屋のようで、隅っこで閉じこもる玉が自分自身と重なった。綱島の歩はと金となり、容赦《ようしゃ》なく攻め込んでくる。

全然、話にならない。いいところがない。中盤で自分が攻めていると感じたのも錯覚《さっかく》だったのだろう。向かい合う彼女の凄みに、今さら気圧《けお》される。まともな勝負を挑める次元に達していないことが、夕子は悔しくてたまらない。

11　ホワイトクリスマス

コッシーと仲直りできないまま冬休みに突入してしまった。もやもやは消えることはないけれど、毎日顔を合わせないで済むというのはありがたかった。

仕事に出かけるお母さんにいってらっしゃいをして、テレビを少し観てから、冬休みの宿題、その後には詰将棋。

冬休みの間、五手詰めを毎日三問する、と夕子さんと約束している。最初は三手詰めも解けなかったのが、夕子さんに出されて解いているうちに五手詰めもできるようになってきた。詰将棋をすると、終盤に強くなるらしい。それに、先を見通せるようになるのだと夕子さんは言った。

――先を見通すことができるようになると、不思議と不安にならなくなるんだよ。怖くなくなれば、前に進んでいける。勇気を持てるようになる。そうすると、ハルちゃんの心は今よりもずっと強くなれる。

大駒の離し打ち手筋の五手詰め。３一角が成って、それを玉がとるから、持ち駒の角を

1三に置いてみたら……ダメだ、玉は4一に逃げる。

追い詰められるマス目とは反対のほうに玉を逃してしまうことを「大海に逃げられる」と解説に書かれていて、たしかに詰ませられない時の心許なさは、自分の中にときどき湧き上がる広い海の真ん中のボートに乗っているような気持ちと重なる。

ああでもない、こうでもない、といろんな手を尽くして玉を詰ましていくのは、ボートを港に追い込んでいくパズルみたいで、ピタッと決まると気持ちいいものだった。

その後は、夕子さんに教えてもらった穴熊対策。浅見くんが得意なのは居飛車穴熊だ。それに対抗できる攻め方を覚えれば、浅見くんに勝てるかもしれないと思って、地道に復習を続けている。

ひと通り終えたら、少し早めのお昼にお母さんが用意してくれているお弁当を食べて、ランチタイムが落ち着いたかな、という頃に家を出る。

夕子さんの店は少しずつお客さんが増えているようだけど、ランチが終わるとぱったり人が来ない。ハルが店に入ると同時に小さな子供を連れたお母さんたちのグループが出て、店のお客さんはいなくなった。

いつものように布を頭に巻いてから、ハルは夕子さんの手伝いをする。食洗機のグラスを棚に並べて、使用後のお手拭きのミニハンカチを洗濯機のそばのカゴに入れる。そして夕子さんがシルバーと呼んでいるフォークやナイフやスプーンを専用のクリームをつけて磨く。

「歩けないくらい膝が痛むんだって。昨日カヨコさんが寄ってくれて、そう言ってた」

テーブル席で向かい合うように座りながら、夕子さんは言った。カヨコさんというのは、オサダさんの娘さんらしい。会ったことはないけれど、たまに夕子さんとオサダさんの会話に出てくるので知っている。娘さんと言っても、仕事をしている息子さんがいるくらいの年齢の人だ。

「かわいそうだね、オサダさん」

オサダさんは膝が痛くて店にも来られないという。

「膝以外は元気らしいんだけど、お年だものね」

「わたしもたまに脚が痛くなるけど、だいたい寝たら治ってる」

膝のあたりがきしんだり、足首がぎゅっと締め付けられたり、いろいろなパターンで痛くなる。成長痛というものらしい。お風呂でよく温まってからお母さんにマッサージしてもらうとましになる。

「お手伝いありがとう。手、洗って」

夕子さんは磨き終えたシルバーをカウンターに運んでいく。言われたとおりハルは手を洗ってから、何となしに入り口のほうへと向かって外の空を見ると、発泡スチロールの屑《くず》みたいに軽そうな雪が舞っていた。寒いはずだ。杖をついて歩くほどのお年寄りの膝は、自分よりもっと痛むのだろう。

そんなことを思っていたら、楽しげな笑い声が耳をかすめた。ふと道の向こうを見ると、数人の女の子たち……まず、背の高い山際さんの顔が目に入る。

ほとんど反射的に、ハルは店の戸に体を隠した。

息を潜めて、彼女たちが店の前を通り過ぎていくのを待つ。

声が近くなる。何を話しているのかまでわからないけれど、とても楽しそう。そっとガラス越しに見ると、駅のほうへ歩いていく女子たちの後ろ姿が見えた。山際さん、権藤さんを真ん中に、一人はピンクのブレイブボードで、また一人は白い自転車を手で押して、道に広がるようにして歩いていく。

遠ざかっていくその、フードにふわふわの毛がついた紫のジャンパーや寒そうなショートパンツから伸びるふくらはぎやポニーテールの三つ編みを確かめるようにしていたら、いきなり体のどこかに痛みが走った気がした。うっかり割ってしまったガラスのコップを素手《すで》で拾って指先を切ってしまったみたいな、怪我《けが》をするとわかりながら手を差し出して、やっぱり血が滲んだ……そんな痛みと似ている。

じっと見るものじゃない。どんどん小さくなっていく彼女たちを未練がましく見つめたら、もっと血が出てしまう。そうわかっているのに、ひりひりと痛いのに、ハルは目が離せない。

どこに遊びに行くんだろう。公園かな、児童館かな、それとも誰かの家かな。音楽や図工の教室へ一緒に行ってくれても、理科の実験のグループに入れてくれても、休みの日に遊ぼうと誘ってもらえない。そんなこと、わかっていたはずなのに……たとえ誘ってもらえても遊びたいかといったら、そんなに遊びたいわけでもないのに……どうしてこんなにショックを受けてしまうのだろう。ひとりでに深く傷ついている自分に、どうしようもなくがっかりしてしまう。

「どうかした？」

後ろから夕子さんに声を掛けられて、ううん、とハルは首を横に振った。

「雪、ちらついてる」

小さくそう言い返した。あらそう、と夕子さんもガラス越しに空を見上げてから、またこちらを向き直った。

「オサダさんのお見舞いに行こうか」

うん、とハルは一つ頷いてみせる。

オサダさんのうちは、ハルの小学校の裏あたりにある。

「ここだよ」

夕子さんが立ち止まったのは、高い塀《へい》に囲まれた家の前だった。

開いたままの大きな黒い門の向こうを覗き見ると、畑になっていた。どこからどこまでが家なのかわからないくらい広そうだ。

『長田』と達筆な字体で書かれた木の表札。『ナガタ』でなく、これで『オサダ』って読むんだ。こんなすごいおうちに入ることに緊張してきた。

インターフォンを鳴らすと、はい、と女性の声が出た。

「『Ｈｕ・ｃａｆｅ』の……」

と、夕子さんが言いかけたところで、

「あらっ、どうぞ」

すぐに返事があった。

夕子さんの後について中を進んだ。入ってすぐ横に四角いロッカーみたいなものが立っている。いくつも仕切りがあり、透明の小さな扉の中に大根やネギなどの野菜が一つずつ入っていて、野菜の自動販売機なのだとわかった。

土と水の匂い。広い畑、池、その奥に赤い小さな鳥居。左右を見回しながら進んでいくと、和風な雰囲気の家にたどり着く。ちょうど玄関ドアが開いて女の人が出てきた。

「カヨコさん」

夕子さんが言った。

「外、ずいぶん寒いね」

カヨコさんは毛布のようなもので肩を包みつつ、灰色の空を見上げた。

「突然すみません。お見舞いしたいねってことになって」

ねえ、と夕子さんは隣のハルに頷きかける。あなたが、ハルちゃん、とカヨコさんに微笑まれて、ハルは小さく頭を下げる。

「こんな寒い日にわざわざありがとう。でもそれが、今朝になって急に咳《せき》をしはじめて、少し熱もあって」

「えっ、そうなんですか」

夕子さんが訊き返す。

「せっかく来ていただいたのに、楽しくおしゃべりというわけにはいかないようなの。ごめんなさいね」

「ごめんだなんて、こっちは急に来てしまったからかまわないんですけど」

「オサダさんに会えないの？」

夕子さんの声が不安げだったので、こちらまで心配になった。

「風邪かな」

「そう、ただの風邪だと思うんだけど、お二人にうつしちゃ悪いし、肺炎にでもなったら大変だし」

カヨコさんはそう説明しながら、玄関の横あたりを指差した。縁側がある。あそこがオサダさんの部屋かもしれない。

「オサダさんが好きなカシューナッツのクッキーを作って持ってきたんです。数日はもつので、よかったら。お大事にってお伝えください」

「お大事に」

ハルも軽く頭を下げてから、すでに門に向かって歩き出していた夕子さんに並ぶのに二、三歩だけ駆けた。一度振り返ると、カヨコさんはまだいて、小さく手を振ってくれていた。

ハルも手を振り返した。

「オサダさん、死んじゃったりしないかな……」

カヨコさんと距離ができたところで、ハルは呟いた。

「そこまで深刻じゃないだろうけど。たしかにご高齢だから、養生《ようじょう》するに越したことはないものね」

オサダさんって、何歳なんだろう。ふわふわの白髪頭で杖をついた人って、八十歳くらいなのかな。

笛みたいな音を立てて風が鳴っていた。灰色の雲がとぐろを巻くように流れていた。

門のそばの松の木の枝に、黒々としたカラスが一羽止まっている。ケタケタケタと異様な声で鳴くので、ぞくっとする。周りの木や塀が大きくなって、自分が小さくなったみたいな気がした。

「……大丈夫かな」

「ゆっくりしていれば良くなると思う」

「だったらいいんだけど」

「そうだね……早く元気になってほしい。オサダさんは恩人だからな」

「恩人って？」

「お店をはじめる前、大家さんにオサダさんを紹介してもらって、野菜を卸《おろ》してもらえないかってここにお願いに伺《うかが》ったの。その時に、これまで何をやっていたのか訊かれたから、将棋をやっていたことを話したら、オサダさんはたまたまわたしを知ってくれていたわけ。ああ、君か、思い出した、ファンだよって言ってくれたんだよね」

夕子さんの横顔を見ると、まっすぐ前を向いた目が遠くを見ていた。

「引退届を出して、しばらく心に穴が空いたみたいだったんだ。自分で決めたことなのに、ウジウジしていてね。でもオサダさんに、ファンだよって言われて、すごく嬉しかったわ。将棋のイベント会場でファンの人に会うのとは違って、初めての異国で知っている人に会ったような。今まで自分がやってきたことは、無駄じゃなかったってちょっと思えたんだよ」

夕子さんはこちらを向くと優しげに目を細め、

「だから、恩人なの」

と言った。

その日の夕方からさらに寒さは強まって、夜また雪が降り出した。翌朝、ベランダに出ると見慣れた景色がうっすらと白くなっていた。

向かいの家の屋根もマンションの前の植木も小麦粉をまぶしたように白くなり、小枝に乗っかる小さな白いブロックが崩れて、散らばりながら舞った。軽トラックが切れの悪い音を立てながらのろのろと通り抜けていった。

「積もればいいなー」

「子供はいいわね」

お母さんはリビングのソファで寝転がりながら、スマホを見ていた。

「えっなんで？　積もってほしくないの？」

「電車もバスも動かなくなるかもよ。今日のディナー、行けるか微妙」

もし電車が動かなくなったら、お父さんと会わなくて済むのかな、と一瞬考えている自分に気づいた。

会いたくないのかな？　と自分で自分に問いかける。こちらも微妙。一年ぶりに会えてうれしいという気持ちと同じくらい、心の中には、この空みたいに重い雲が垂れ込めていた。

けっきょく、降ったり止んだりを繰り返していた雪は、夕方になって勢力を盛り返したけれど、電車は動いていたので、ハルはお母さんと一緒に目的の駅にたどり着いた。

「こっちでいいのかな。代官山《だいかんやま》なんて来たの、なん年ぶりだっけ」

傘の下でお母さんは、スマホの地図を眺めつつ自信のなさそうな足取りで進んでいった。

「何料理？」

「イタリアンみたいよ。なかなか予約が取れないんだって」

「お父さんが連れていってくれるお店、おしゃれで美味しいよね」

「悪かったわね、お母さんとの外食は、ラーメン屋とか中華で」

「大丈夫、そういうのも好きだから」

ハルがフォローするように言うと、それはどうも、とお母さんはツンとした声で答えた。

「たしかに、お父さんと一緒にいれば、もっと美味しいものを食べられているでしょうね。今晩どこで何を食べようかって考えている時間が、あの人は一番幸せっていう人だから」

「デートのお店も、お父さんが決めてたの？」

「デートっていつのことよ」

お母さんは思い切り噴き出した。

「えー、だって、結婚していたわけだし、デートもしていたんでしょ？」

「ずいぶん昔の話だけど……そうね、だいたいはあっちが決めてたかな。高くておいしいところも、カジュアルでコスパのいいところも、よく知っていたわ。看板が出ていないカウンターだけの、とびきりおいしい小料理屋とか。楽しかったといえば、楽しかったかな」

口ではそう言いながら、お母さんはたいして楽しそうな顔をしていなかった。

「どうして、お父さんが嫌になったの？」

「嫌ってことはないよ」

「いいって、べつにこっちに気を遣わなくても」

「気なんて遣ってない。本当だよ。お父さんはいい人だし、嫌いではない。でも一緒に生活していくには相性が悪かった。どちらかが一方的に悪かったわけじゃなくて、お互いにしんどかった。だから離れることにしたの。それだけ」

「お母さん、お父さんのほうのおじいちゃんやおばあちゃんのことも、あんまり好きじゃないでしょ？　それもあるんでしょ？」

「子供ってよく見ているもんだね。一緒に住んでいた頃なんて、幼稚園児だったのに。たしかに無理だったな。こんなふうに言ったら、ショック？」

お母さんがこちらを見る。ううん、とハルは首を横に振った。

「いいよ、しょうがないもん」

「そういう話をしてもいい頃なんだろうね。あちらのおじいちゃんとおばあちゃんとは気が合わなかったのよ。価値観がまったく違うっていうのかな。悪い人じゃないけど、あの家族の一員になれなかった。今でもよほどのことがなければ、会いたくないくらい」

ここまではっきりと打ち明けられると思っていなくて、ハルは気まずく笑った。それほどの気持ちじゃなければ、あんなにもパッタリと会わなくなることなんてないのか、と腑《ふ》に落ちた。

「でも、やっぱりお父さんとの関係さえうまくいっていれば、それ以外のことはどうとでもなったかもしれないとも思う。友達としてなら仲良くできても、家族になるには相性が悪すぎたんだろうね。血のつながっていない大人が一緒に暮らすのに、お金と時間の使い方が似ていないとキツい。そこがまず合わなかったんだと思うわ」

「ふうん……そうなんだ」

一応頷いたものの、ハルにはピンと来ない。

面白い話をしてくれるから一緒にいて楽しいとか、喧嘩してもすぐに仲直りできるとか、好きなものが似ているとか、そういうことが一緒に暮らすうえで大事だと言われるならわかる。でも、お金と時間の使い方がどうこうって、よくわからない。わかるような気もするけど、うまく説明できなかった。

そういえば、お母さんもハルもお腹に溜めやすいタチなんだって言っていた。お金と時間の使い方ってうまく言葉にできないものだから、お腹に溜まりやすいのかもしれない。

お母さんの言うとおり、わたしのお腹にも溜まりやすいのかな。そういう性格に生まれたことは、損なことなのかな。

ふと脳裏に、浅見くんの姿が蘇った。異常に耳が良くてたぶんいろんな人の会話を聞き取っていながら、素知《そし》らぬ顔で天井に一人でブツブツと呟いている浅見くんの姿。浅見くんのお母さんは、それは治るとか治らないものじゃなくて個性だと言っていた。

わたしはどうなるんだろう。そんなことを思いながら、ハルは積りはじめた雪の道をじっくりと踏みしめるように進んだ。

赤いレンガの店が見えてくる。

お父さんと一年ぶりに向かい合ってみてわかった。

どうして自分の中に、父親に会えるうれしさと同じくらい会いたくないという気持ちがあったのか。久しぶりに会ったその人が、記憶の中の姿と変わってしまっているのを目《ま》の当たりにしたくなかったのだ。

前に会ったときにはだらしなく肩まで伸びてカールまでしていた髪を短く刈り上げた父親を見て、ハルはそんな自分の気持ちに気づいた。こざっぱりとして少しはちゃんとした大人に見えるようになったことにほっとしながらも、何だか知らない人のようで、どこを見ていいのかわからなくなった。

「あら、髪切ったんだ」

お母さんは言った。褒めてもいなければ、けなしてもいないという言い方だったけれど、お父さんは褒められたと感じたのか、照れたようなへらへらした笑顔を見せて自分の頭に手をやる。その顔を見ると、いつものお父さんだと思った。

「意外と評判いいんだ。近所のばば様たちに、放蕩息子《ほうとうむすこ》やらボンボンやらと呼ばれるのがさすがに嫌になったっていう消極的な理由で切ったわりに」

後頭部を雑な手つきで撫でながら、どう？　とハルのほうを見た。いいよ、似合っている、と言ってもらえる気満々の顔で。

「いいんじゃない」

期待されているとおりに言ってあげた。髪を切った人に、似合っていると言えるくらいに大人だ。実際、顎に生やしている鬚はだらしがないけれど、こぎれいにはなったと思う。

「髪を切ったからといって、放蕩息子であることにもボンボンであることにも変わりはないと思うけど、いい年してロン毛というのもアレだから、いいんじゃないの」

お母さんは突き放すようにそう言いつつ、自分の椅子を押してくれる店員さんに愛想のいい笑顔でお辞儀をする。

「そっちこそいい年して、ロン毛って言い方はやめなさい」

今度はお父さんがむきになったように言い返し、はいはい、とお母さんは軽く流した。

両親が言葉を交わすのに耳を傾けながら、ハルはあたりを見回した。木とコンクリートが組み合わさった店内には、ニンニクをオリーブオイルでこがした匂いが満ちていて空腹感を刺激される。

お父さんは店員さんに飲み物を注文してから、改めてこちらをまじまじと見つめた。

「ずいぶんお姉さんっぽくなったな。雰囲気が大人びたよ、髪型のせいか」

「言ったでしょう、髪……これが、ほら」

お母さんがヒントを与えるように言う。えっ？　お父さんは訊き返したものの、すぐに娘の髪がウィッグだと思い出したのかしきりに頷いた。

「あっ、そっか。全然わかんないな」

「でしょ、高いだけあって」

「そんなに自然だったら、お父さんも一つ作ってみるか」

「まさかロン毛バージョン？　やめてって言いなさいよ、ハル」

今通っている皮膚科は「お父さんの知り合いの知り合い」だとお母さんから聞いている。だから相談されているはずなのに忘れているところが、この人らしい、とハルは誰にも気づかれないくらいの小さな嘆息《ためいき》をつく。タイミングよく店員さんがメニューを持ってきたので、その話題が終了してほっとした。

「ここのイカスミのパスタがうまいぞ」

「イカスミって、イカの墨だよね」

赤い革のメニューのカタカナを目で追いながら、ハルは訊いた。

「食べたことなかったっけ？　歯が真っ黒になるのよ」

「おいしい？」

「お母さんは好きだけど、子供の口に合うか、どうかな」

「そんなふうに決めつけるのはよくない。子供のうちにいろんな味覚を経験しておくのはいいことだ」

「でも、あなたは知らないでしょう、この子、イカやタコをあまり食べないの」

「知ってるよ、そんなこと」

「年に一度しか食事をしていないのに？」

「去年だったか、シーフードのフリットミストを食べなかっただろ。ちゃんと覚えてるよ」

両親の言い合いがはげしくなってきたので、ハルは静かに手を挙げた。

「イカスミ食べる」

娘の一言で、お父さんは前のめりになっていた背筋を元に戻して、お母さんは取りつくろったように微笑んでみせる。しゅわしゅわしたお酒とオレンジジュースが運ばれてきて、お父さんは何事もなかったかのようにグラスをかかげた。

「じゃ、メリークリスマス」

三人のグラスが軽く合わさって、きれいに音が響く。髪を切っても、お父さんは相変わらずだった。お母さんの言うとおり悪い人じゃない。でも、今だったら自分もこの人と一緒に暮らすのは大変だろうと思う。

お父さんが何かおもしろいことを言ったのか、お母さんは口に手を当てて笑った。二人とも知っている友達の話のようだった。どちらもお酒が好きだから、乾杯の後でだいたい空気が緩むようだ。

お父さんとお母さんは、大学生の頃に通っていた専門学校で知り合ったらしい。テレビのコマーシャルや雑誌のタイトルとか、そういうものを作ることに興味がある人が集まる学校で、二人とも数カ月しか通わなかったのに、その短い期間の中で出会った。その頃から喧嘩ばかりしていたけど、お腹に赤ちゃんがいることがわかって結婚したのだと、いつだったかお母さんが話してくれた。

「ハル、どうだ」

魚のカルパッチョみたいなものを食べていると、急に声をかけられて顔を上げた。

「どうって？　おいしいけど」

「違うよ、学校はどうだ？　楽しいか？」

お父さんはこちらを見ていた。

「まあ、普通かな」

「普通って何だ。仲のいい友達はいるんだろ」

「まあ、いるかな」

「お前の返事は、まあ、ばっかりだな」

「これくらいの年頃の女の子って、こんなもんだよ」

お母さんは口をつけたワイングラスの縁を指先で軽く拭った。中華料理店でビールを飲んでいる時にはそんなことをしないから、気取っている。

「将棋、やってるよ」

会話がぎこちなくなるのも気まずいので、ハルは将棋の話を出した。おっ、そっか、とお父さんの目がわかりやすく輝く。

「今日は将棋のセット持って来たか？」

「持って来てないよ」

「なんだ、去年も忘れただろう。こっちは年に一度ハルと対局するのを楽しみにしてるっていうのにさ」

「こんなおしゃれなお店で将棋したら、他のお客さんに変に思われちゃうよ」

ハルが大人びた口調で諭すと、お父さんは少し不満そうな顔で肩をすくめた。

お父さんと将棋を指さないかわりに、将棋部に入った。年に一度しか会わない父親と何を喋っていいのかわからなくなってきて、だからお父さんと自分をつなげている将棋だけ続けていればどうにかなるような気がした。完全にお父さんと切れてしまうことはないように思った。

「強くなったか」

「あんまり。でも楽しい」

「楽しいのが一番だ」

「近所に引退した女流棋士さんがやっているカフェができたんだけど、この子ったらそこの常連なんだよ」

お母さんが会話に入ってくる。

「女流棋士のカフェ？　面白そうだな。そこで女流棋士と将棋を指せるのか」

「お客さんがいないと、相手してくれる」

ハルが答えた。

「名前は？」

「神部夕子さんっていうのよ」

お母さんの言葉を聞いて、お父さんは少し驚いたように目を見開く。

「知ってるの？」

ハルが訊くと、お父さんは頷いた。

「引退したのって、去年だったか。まだ若いんだよ」

「今、三十一だって言っていたわ」

お母さんが答えると、そんなもんだろうな、とお父さんは顎に手をやる。

「女流王将戦なんかでもいいところまで行くこともあったし、引退って聞いて意外に思ったんだ。ルックスもいいから、テレビの解説のアシスタントをしたり、将棋のイベントにも出たり、けっこうもてはやされてたはずだよ。まだできそうだったのに、どうして退いたんだろうな」

「楽しめなくなったって」

ハルが言った。いつだったか、エベレストのような高い山を一人で登っているような感覚だったと夕子さんが話してくれたのを思い出した。

「厳しい世界だからな。そっか、神部夕子のカフェか……ハル、連れてってくれよ」

「やだよ、行ってどうするの？」

「一局相手してもらって、サインもらうんだよ。向こうだって悪い気はしないだろう」

「あなたのそういう物言いって、変わっていないよね。デリカシーがないっていうのかな」

お母さんが呆れたように言った。それでもお父さんは気にしない様子で、さらに知ったかぶった顔で続けた。

「男がらみのことで記事になったこともあったな。相手は三段リーグに挑戦していた奨励会員だったよ。外野が煩《うるさ》かったのもあってか、相手のやつは昇段できなかったんだ。ずいぶん前の記事だったから、とっくに別れているだろうけど」

「そういう話はやめてよ。あなたにとっては週刊誌の記事になる人でも、あたしやハルにとっては知り合いなんだから。近所のカフェにいる優しいお姉さんで、よくしてもらっているの。そんな話、聞きたくない」

お母さんにピシャリと言われて、さすがに調子に乗りすぎたと思ったのか、お父さんは口をつぐんだ。ほら、プレゼントがあるんでしょう、とお母さんに促されて、おお、そうだった、とお父さんは隣に置いたチェック柄の紙袋に手を伸ばした。

「任せるって言われたもんだから、けっこうプレッシャーだったぞ」

差し出された紙袋を受け取ると、ハルは中から四角いものを引っ張り出した。緑と赤の包装紙を丁寧にはがして、箱を開けた。

水色の地にピンクのラインが入ったNのマークがついたスニーカーだった。

「サイズはお母さんが伝えておいたから、きっと大丈夫だよ。今履いているの、もう小さいでしょう」

隣からお母さんが手元を覗き込んだ。今履いているスニーカーよりも一センチ大きいサイズだった。自分にはかわいすぎるデザインだけど、嫌いなデザインではない。本当は、こういうのも履いてみたかった。何より嬉しいのは、靴が小さくなっていたことに気づいてくれていたこと。

「これ、セイラが色違いで持ってる」

それなのに、どんなふうに喜んでいいのかわからなくて、まるで気に入らなかったようなセリフが口から滑り落ちた。

「かぶっちゃったか、有名なメーカーだからな」

お父さんは口惜しそうに言う。

「こんな高そうなものを、すみません」

「何だよ、高そうなものって」

お父さんとお母さんは同じように困ったように笑って、顔を見合わせる。その表情に気づかないふりでスニーカーを袋にしまったら、イカスミのパスタが運ばれてきた。

イカスミは想像していた以上に黒くて、オイルでつやつやしていた。見た目の生々しさのわりに、口に入れると案外舌になじみやすい味だった。

「ハル、口見せてみ？　真っ黒だよ」

お母さんは自分の口を手で押さえて笑う。

「えっ、そうなの？」

「お歯黒娘だな」

ようやく三人で笑い合えたから、口が真っ黒になってしまうのは恥ずかしいけれど、イカスミを注文した甲斐《かい》があった。

だけどやっぱり、サンタクロースからもらえるプレゼントのほうがいい。

一年に一度しか会わない父親からのプレゼントの上手な受け取り方を、誰か教えてほしい。

変わらず雪は降っていて、お父さんとお母さんは一つの傘に二人で入って歩いた。仲が良さそうだけど、お父さんが傘を持ってきていなくて貸してあげているだけだった。朝からずっと雪が降り続いているのに、傘を持ってこないところがこの人なのだ。

「今度こそ将棋しよう。嬉しいんだよ。お父さんが教えた将棋を、また始めてくれたことが」

たぶん、それなりに酔っ払っている。

「お父さん」

駅が近くなってきて、急に呼びかけたくなった。今日一度も、「お父さん」と呼んでいないことに、ずっと気づいていたから。

「うん？」

「スニーカー、大事に履くね」

「大事にしなくてもいいから、走り回れ」

「わかった。ありがと」

最後の最後でちゃんとお礼が言えた。傘からはみ出したお父さんの前髪に綿のような雪がくっついて、ハルが手で払ってあげた。お父さんは嬉しそうに微笑んだ。

12 丸い月

クリスマスに降り積もった雪は、翌朝には止んでいたものの、なかなか融《と》けないまま残って、そうこうしているうちに一年の最後の日になった。

夕子さんは二十八日まで店をやって、年始五日までお休みを取っているからしばらく会えない。クリスマスディナーの後に、お母さんは言った。

——お母さんもじつは、夕子さんのことを検索したことがあるんだ。いろんな記事が出てきたよ。お父さんが言っていた恋愛がらみのこともあって、どこまでが本当なのかわからないようなことが書いてあった。いつだったかな、ハルが夕子さんのことを検索してって言ってきた時あったでしょ？　そういうの、見せたくなかったんだ。自分で検索しておいてアレなんだけど、なんていうか、ハルには、自分で見たことだけを信じる人間になってほしいし。

お母さんの言いたいことはわかった。

夕子さんは家族のいる場所には帰らないで、一人で旅行するらしい。遠い外国の、道も家々もさまざまな青色に染まった街で、たくさんの猫が自由に暮らしているのだという。

大人に早くなりたいとは思わないけれど、一人でどこにでも行けてしまう大人を羨ましいとは思う。一人ではひと駅向こうまでしか行けない身には、今いる場所がすべて。

だから、コッシーに電話しようと決めた。もしコッシーとちゃんと話し合うことができたら、きっと自分のいる世界は少し変わる。そう思いたかった。

連絡網のプリントを見て電話をかけると、コッシーのお母さんが出て取りついでくれた。

「もしもし？」

電話を通した声は、よく知っている声よりもこわばって鼓膜《こまく》に響く。仲良しの時なら、はいはーい、って明るい声で出てくれたけど、さすがにそれはなかった。

「あっ……もしもし」

だから、こっちも緊張した声になる。

「ハル、だよね？」

「そう」

「何……」

「ごめん、急に」

「ううん、べつに」

少し考えるようにしてから、いいよ、と言う。そっけない言い方だけど、嫌がっている様子ではなかった。迷いに迷って、考えに考えたうえで、やっと電話したのだからと、あのね……ハルは振り絞るように言った。

「今から、会えないかな？」

声がかすれた。

「今から？」

「できたら……今から。ダメかな」

おずおずと尋ねた後、五秒ほど電話の向こうが静まり返る。怖いくらい何の音もしなかった。ハルがいる家のリビングも、お母さんは出かけていて静かだった。いつもは古くてうるさいエアコンもつけているはずなのに、遠慮しているみたいに鳴らない。耳に当てている電話の子機が汗ばんでずれそうになる。

「どこ、行けばいい？」

「えっ、いいの？」

「だから、どこ？」

「たんぽぽ公園とか」

「何時？」

その言い方から、会ってくれるのだとわかって思わず頰が緩んだ。えっと、と間を取りながら壁に掛かっている時計を見る。三時半をすぎたところ。

「四時は」

「わかった」

電話を切ってすぐに、ハルは家を出た。

たんぽぽ公園はこのあたりで一番広い公園だ。本当の名前は知らないけれど、みんなたんぽぽ公園と呼んでいる。いつもは小さい子供やお年寄りがいてにぎやかなのに、大晦日《おおみそか》のせいか、今にもまた雪が降り出しそうな寒空のせいか、誰もいなかった。雪は降っていないけど、空は雲で覆われていて寒くてほの暗い。大きな樹と樹の間で、吹き付けた風が渦《うず》になってきれぎれの木の葉を回す。

コッシー、来ないかもしれない。だって、喧嘩している相手に呼び出されて、素直に来てくれることなんてあるのかな。でも来てくれるって言ってくれたし。

心の中の誰かに呟きながら、不安を吹き飛ばすようにブランコを立ち漕ぎする。ブランコが揺れるたびに鳴る音を聞いていると、少し気が紛れた。

それでも五分もしたらブランコも飽きて、片足を地面に擦《す》らして止めて下りる。冷たくなった手が鉄臭い。手袋をつけてくればよかったと思っていたら、公園の中に入ってくる子がいて、コッシーだった。

はじめて見るピンクのコートを着ているのに、すぐにわかった。髪を二つに結った頭に白いベレー帽をのせていてかわいい。

「急に電話してくるから、びっくりした」

歩きながら、コッシーが声をかけてくれる。電話の時よりも、いつもどおりでほっとする。

「ごめんね……なんか、どうしても」

そこで止めて、ハルは上目遣いで見た。どうしても、会って話したかった。そう言いたいのだと伝わったのか、コッシーは頷いた。

「っていうか、めっちゃ、寒くない？」

首をすくめたコッシーに、だよね、とハルも同じようにすくめた。

「めっちゃ寒い……ごめん、児童館のほうがよかったかも」

「児童館って、28から休みじゃん？」

「そっか……だね、ごめん」

「さっきから、ごめんばっか」

コッシーが苦笑いする。あっごめん、とまた言ってしまいそうになって、ハルも苦笑いになった。

「でも……ごめんって言いたくて、それで、すっごい勇気出して、電話して、それで」

言葉と言葉を不器用につなげながら、浅い呼吸を繰り返した。こんなふうにコッシーと面と向かってしゃべるのが久しぶりすぎて、胸がいっぱいになってくる。

「なんで、ハルがごめんって言いたいの？」

素朴な疑問というトーンで訊かれる。なんでって言われても、と思いながらも答えを探した。

「だってさ、わたしのウィッグがばれちゃった時、変な態度をとっちゃったでしょ。誰にも言わないでくれって言ったのも、悪かったなって。一方的に秘密を作らされて、コッシー、やだったよね」

ハルの言葉を聞いて、えー、とコッシーは驚いたように言う。

「何それ、待ってよ」

「えっ、違う？」

「違うっていうかさ、そんなふうに言われたら困るっていうか……だって、はっきり言って悪いの、あたしだし？」

「ううん、そんなこと……」

と言いかけたハルをさえぎって、あるって、とコッシーは首を横に振った。

「ハルの気持ち、わかるくせに、何ていうか」

「そんな……」

うまく言葉を返せなくなった。でも、ものすごく本音のところでは、嬉しかった。自分から謝りたいと思って呼び出したけれど、コッシーからも同じような気持ちを返してほしいと、どこかで思っていたから。

「誰にも知られたくなかったんだよね？」

「……そうかな」

「わかるんだよ。でもさ、むずぃよ」

「むずぃって？」

「ハル、何もなかったような顔をしてほしいから、かつらを被っているわけじゃん？　でもこっちとしては見ちゃったら、もう知らないふりなんて無理っていうか」

あっ、そういうことか。たしかに、そう言われると納得できた。

「だよね……やっぱり、ごめん」

そう口にしたハルに、もう、とコッシーは唇を尖らせる。

「ごめんって言うのなしだって」

「わかった、なしにする」

「あとさ、正直、けっこうむかついたのも、あるの。だって、裏切られたって思ったもん」

「裏切られた？」

今度は思いがけないほど強い言葉が出てきて、心臓がぎゅっと縮んだ。

どうして、という思いで、ハルは向かい合う親友の表情をまじまじと見る。コッシーはわずかに拗《す》ねるような顔になって手を口元に持っていくと、人差し指の爪を少し噛んだ。

「勝手な決めつけかもしれないけど、あたしとハル、セイラとカナっていう組み合わせだと思っていたから」

「わたしも、そう思ってたよ」

「だったらさ、あたしには真っ先に話してよ！　騙されたって思っちゃうよ」

コッシーの声があたりに響いた。迷いのない、まっすぐな声で、ハルはどう反応していいのかわからなくなる。気まずくなってすぐの頃、コッシーに言われた言葉が蘇った。

――ハルが、嘘をついたから。

――あんなこと、知らなかった。騙していたんでしょ、嘘をついているのと同じことだよ。

それを向けられた時に胸に走った激痛の痕《あと》が、いまだに体の芯のほうに残っている。あまりにも苦しくて、悔しくて、なかば自棄《やけ》になって、みんながいる教室でウィッグを外し取ったのだった。

コッシーの言いたいことはわかる。だけど……。思考停止しそうになった頭に、数秒遅れて、強情な気持ちが雪崩《なだれ》みたいに流れ込んできた。

でもでも、もしもコッシーがわたしだったら、わたしに話せた？　髪の毛が抜けて禿げていく自分の姿を、友達に見せることができた？　隠したでしょ？　絶対に隠したでしょ？　なのに、そんなこと言うの？　あたしには言ってよって責めるの？　言えなかったって思わない？　言わなかったと言い切ってしまう？

感情が次々に言葉に変換されて、喉元に湧き上がってくる。今にも口から飛び出しそうになって、ハルは思わず口に手をやる。そして、かろうじて飲み込んだ。

コッシーと仲直りをしたい。そのために、ここにいる。

これまでずっと、かわいいものの話ばかりしてきた。コッシーはかわいいものが大好きで、かわいいものが大好きなコッシーのことが大好きだった。

ラメの入ったボールペン、チョコの香りの消しゴム、モコモコのシール、水玉のシュシュ、レースのついた靴下。

ただでさえかわいくないのに、髪の毛がなくなってさらにかわいくなくなっていく自分のことを、どう話せばいいのかわからなかった。かわいいものが好きな親友に、かわいくなくてかわいそうだとも、かわいくないから嫌いだとも思われたくなかった。

だから、言えなかった。その気持ちを本当はわかってほしかった。だけど、そこまで期待するのは違うのだろう。だってもしも自分がコッシーの立場なら、きっとそこまでわかれなかったと思うから。

乾いた口の中のわずかな唾液を喉の奥に押しやる。

そっか、お腹に溜めるってこういうことなんだ。

「……コッシーには言わなくちゃ、だよね」

ハルは精一杯の力を振り絞り、口角を上げて見せる。

「でしょ」

コッシーはすんなりと、優しい目で微笑んだ。

「言わなくっちゃって思ってたけど、なかなか言い出せなくて」

「あたしも、ほんとはもっと早く仲直りしたかった。みんなの前でハルが、そのう……かつらを外しちゃったのを見て、つらかった。一番つらいのはハルなんだけど」

ほんと、あたしってやなヤツだ、とコッシーは目を潤ませる。

「山際さんとかが登場しちゃったりして、ややこしくなったから」

「まじむかついたよ。何なの、あの人ら」

「悪い人じゃないんだけど」

「いやいや、悪いでしょ。だってハルの味方するようなことを言って、けっきょく自分らをいい人みたいに見せたいだけなのがみえみえだし」

悪口モードに入ったコッシーに、まあね、とハルはやんわりと頷いておく。

「ねえ、いつからつけてたの？」

「うんとね、二学期から」

「わかんなかった。髪型で雰囲気って変わるんだなって思ったけど。ここらへんがないんだっけ？」

記憶をたどるように、コッシーは自分のベレー帽の前あたりを手で触った。そう、とハルは頷いた。

「少しずつ髪の毛が抜けていったの。だんだん目立つようになってきたから、お母さんが被ったほうがいいって」

「なんで抜けちゃったの？」

「よくわかんないんだ」

「そっか。意味不明なことって、けっこうあるよねー」

意味不明という言葉がおかしくて、ハルは笑った。かわいそうではなく、そんなふうに返してくれるコッシーが好きだ。お互いに謝り合って、仲直りできても、完全にもやもやがなくなることはない。それでもやっぱり、と思う。優しくてかわいい、この親友が好きなのだ。八十パーセントの甘い気持ちで、お腹の底に溜まるトロリとした苦々しさを薄めた。

「あるんだよ、そういう意味不明なこと」

きっとこれからもたくさんあるのだろう。

「あのさ、いつかあたしにも被らせて。面白がっているんじゃなくて、ほんとに被ってみたいの。ハル、似合ってるし、自分じゃない自分になれそうな気もするし……それに」

たしかに、そうかもしれない。ウィッグを着けるようになったこの数カ月、いつもの自分とは少し違う自分として生きていたような気がする。

「それに？」

「その髪型ってさ、明智光秀さまの妻の熙子《ひろこ》のコスプレに良さそうなんだよね。夫のために自分の大事な髪を売った後のヴィジュアルって、たぶんそういう髪型なんだ」

コッシーは照れたようにはにかんだ。

いつものことながらハルには明智光秀の妻の髪型のことなんてわからないけど、このウィッグを被ったコッシーの姿を思い浮かべ、大きく頷いた。

「あっ、そうだ。東京タワーって、満月になるとライトアップの色が普段とは違って、それもきれいなんだって」

「そうなの？」

「それなら明け方じゃなく日が暮れたらライトアップされるから、マツナガくんと一緒に見られるよ」

浅見くんのお母さんから聞いて、ずっとコッシーに教えてあげたかったのだ。

マジで、とコッシーはテンションが上がったように声を弾ませた。

「じゃあさ、ハル、一緒に見よう」

「えっ、わたしと?」

「中学になったら、電車に乗ってさ」

上目遣いのコッシーに、ハルは頷いた。

「うん、行ってみよう」

そういえば満月の東京タワーが何色に変わるのかまで聞かなかった。いったいどんなライトアップになるのだろう。ハルの頭の中に、レインボーカラーに光る東京タワーとまん丸の大きな月が浮かんでいた。

夕子

八王子駅前の広い横断歩道の信号機が点滅し、夕子はけだるく進めていた足を奮起《ふんき》させて小走りになった。たった十数メートルなのに息が上がる。この季節にしては日差しが強い。昨日の雨が嘘みたいに、空は晴れわたっていた。

もしも米倉先生に頼まれていた指導対局の仕事がなければ、この晴天の空を横目に、一日中家の中に閉じこもっていただろう。実際に朝から何も食べずに、昼すぎまで布団にくるまっていたのだから。

対局の翌日に仕事なんて入れなければよかった……そう後悔したけれど、一度こうして外に出てみると、無理矢理でも出かけられてよかったのかもしれないと思えた。

そういえば仕事の内容を詳しく聞いていなかったと、エレベーターに乗った時になって気づく。相手してほしい生徒がいるとは言っていたが、マンツーマンなのか、それとも複数を相手にするのか。段位者ばかりの四面指しとかなら勘弁してほしい。今日はそこまでの気力が残っていない。安請《やすう》け合いしてしまったかな。大丈夫だろうか。よほど前日の惨《ざん》敗《ぱい》がこたえているのか、ずいぶんとメンタルが弱っていた。

教室のドアを開けると、米倉先生は受付のところで、生徒さんらしき初老の男性と立ち話をしていた。目が合って、夕子は会釈《えしやく》した。米倉先生もいつものように目尻を下げ、おいでおいで、と手招きする。

「今日は来てもらってすまないね」

「いえ、とんでもありません」

二人が言葉を交わすと、おう、と初老の男性が夕子に気づいて驚く。

「神部女流初段」

「あっ……女流二段です」

「そうかそうか、失礼。そういえば米倉先生がお師匠さんだったな」

女流棋士が珍しいのか、無遠慮に頭のてっぺんからつま先まで眺められて、顔に戻ってまじまじと見られ、夕子は苦笑いで頷いておく。そうだ、サインもらっておくかと言う男性に、いいから、そろそろ対局に戻って、と米倉先生は向こうに行くように促した。

「昨日は対局だったろ。お疲れなんじゃないか」

「それは大丈夫です」

強がっていると思われないように、夕子は頬を引き締める。

「相手は奈帆ちゃんだろ。どうだった？」

「黒星です。いいところのないつまらない将棋にしてしまって、お相手にも申し訳なかったです」

夕子の言葉に、そっか、と米倉先生は短く言った。

対局室を出た後、夕子は綱島に思いきって声をかけた。こちらが弱いから負けたのだとしても、綱島の将棋にはさすがのキレがあった。奨励会の中でプロ棋士を目指す精鋭たちと渡り合ってきたという気概があった。頂点を目指す人のオーラとでも言うのだろう。もうずいぶんと前から気づいていたが、自分にはないものを放っていた。

——今日はありがとうございました。

夕子がそう言うと、こちらこそ、と綱島も凜々《りり》しい表情で頭を下げた。あのう、とためらいがちに夕子が切り出すと、はい、と綱島の澄んだ黒目がまっすぐにこちらを向いた。

——あなたがいるところからは、どういう景色が見えるんでしょうか。

景色ですか、と聞き返した綱島だったが、すぐにすべてを察したように頷いた。

——わたしがいるのは盆地みたいな、すり鉢状の底でしょうかね。

豪快に口を開けて笑うので、まさか、と夕子は返した。

——いや、ご謙遜《けんそん》を。

——とんでもない、本当のことです。やればやるほど自分の実力を思い知らされて、同時にその世界のてっぺんがいかに遠いのかにも気づくようになって、とてもじゃないけど殿上人の足元にも及ばないところに自分がいるのだとわかっています。

奨励会の試験をパスした中でもプロ棋士になれるのは、たった一、二割という厳しい環境の中、しかもマイノリティである女性として果敢に戦い抜いてきた彼女の言葉には、まったく卑屈《ひくつ》さがなかった。むしろ諦観した清々《すがすが》しさしかない。

――身を削ぐような努力をされてきたんでしょうね。

夕子の言葉に、綱島は小首を傾げた。

――身を削ぐような努力をさせてくれている将棋をいっそう好きになっていくんですよね。窪地《くぼち》から這《は》い出たところにある景色を、わたしも見たいなって。

昨日の綱島の口調や表情を思い出しながら、夕子はまた沈んでしまう。ああいう人がプロとして将棋を指していくべきなのだ。

「じゃあ夕子ちゃん、お願いできるかな」

「あっはい」

米倉先生が歩いていくので、後に続いた。

「彼なんだよ、相手してほしいのは」

米倉先生は立ち止まると、窓際の席を指差した。

そこにはまだ小学生らしき男の子が座って、漫画のようなものを読んでいた。コミック形式の将棋本だろう。

「彼、一人ですか」

段位者の多面指しでも要求されるかと思っていたので、少し肩透かしを食らったような気持ちで訊くと、そうなんだ、と米倉先生は頷いた。

「戸田圭《とだけい》、小学五年生だ。彼の親と知り合いで、去年の二月にこの教室に入って一年ちょっとになるんだが、すでに初段だ」

「なかなかのものですね」

「そうだろ。で、あいつもさ、学校に行けてないんだ。不登校生ってわけ。ほら、誰かさんと似てないか？」

米倉先生はいたずらを企《たくら》む子供みたいに片眉を上げ、夕子を見る。

「わたし……ですね」

「そういうことだ。正直言って、プロ棋士になれるほどではないと見ているが、筋はいい。だから夕子ちゃんと同じタイプだとしたらさ、圭にとって将棋が外につながるドアになるかもしれないって思ってね」

「たしかにそうかも」

「もうちょっとってところ……あと一歩のところで、もじもじしているもんだから」

「わたしに彼の手を摑んで、外に引きずり出せってことですか？　将棋の指導対局をしながら、カウンセラーにもなれと？」

「なるほど、女流棋士による将棋カウンセリング。新しいねー。今度、そういう講座を作ってみるか」

「もう、先生」

夕子の咎《とが》めるような視線を、まあまあ、と米倉先生は茶目っ気のあるウィンクで軽く受け流し、おい圭、と少年を呼んだ。

「こちら神部夕子女流だ。プロの女流棋士にご指導いただける機会なんてそうそうないから、しっかり教えてもらいなさい」

米倉先生に紹介され、こんにちは、と夕子は微笑んでみせた。

「よろしくお願いします」

立ち上がった圭は、夕子とさほど変わらないほどの背丈で、その体格のよさとはアンバランスな幼さの残る声で挨拶した。

さっそく夕子は圭の向かいに座って対局をはじめる。盤にはすでに駒がきれいに並んでいた。夕子が駒を落としてもいいが、初段だというので平手で、先手を彼に譲った。

圭は右の銀を上げて飛車先を進めてくる。棒銀《ぼうぎん》で攻めてくるのだろう。

「居飛車党？」

会話の糸口を見つけたくて、夕子は訊いた。

「ってこともない、振り飛車《ふびしゃ》もします。オールラウンダーになりたいんで」

なるほどね。気の大きい男子によくあるタイプ。夕子が小学生の頃にも、こういう男子が大会にはたくさんいた。自分は万能であると思っているようでいて、実際に指してみると、じつは心配性で攻めるべきところで守りに回ってしまう。まさか女子にやり込められると思っていないものだから、異様に強かった夕子を、まるでおばけを見るような目で見てきたものだ。

「女流二段ですよね」

今度は圭が質問してくる。

「ですよ」

「いいな、僕も二段になりたい……アマだけど」

小学五年生といえば反抗期がはじまっていそうだけど、案外素直そうだった。

「はじめて一年ちょっとで初段まで昇段したんでしょう。すごいわよ」

「一日中将棋しているんだから、そりゃ強くなりますって。でも段になってから勝てなくなってきた」

「学校に行ってないんだって？　あっ、わたしも小学生の頃、行ってなかった時期があったし、行きたくなければ行かなくてもいい派なんだけどね」

説教くさいことを言ってくるやつだと思われたくなくて、夕子はそう言った。カウンセラーになれと言われたが、それはやっぱり無理そうだ。

「僕も行っても行かなくてもいい派なんで」

「なるほど」

「友達と何しゃべっていいかわかんないし」

「今みたいに話せばいいんじゃないの？」

「だって今は将棋しながらじゃん。じゃなかったら、何しゃべっていいかよくわからん。基本、コミュ障なんで」

彼がコミュ障なのかどうかは知らないが、言いたいことがわからないでもなかった。将棋の盤を挟むと勝負の緊張感は生まれるが、不思議と他者と向かい合っているという気負いはなくなる。プロの対局や大会でおしゃべりすることはないけれど、自由対局している時なんかは、相手が知らない人であってもペラペラと会話ができるものだった。将棋に関係のない話題、その日の天気やさっき食べた物のことなど……『かん吉』でも、常連さんたちが飲みながら将棋を指していたのは、だからなのだろう。一人でふらっと訪れても、盤を挟んだ誰かがその日の飲み相手になってくれたものだから。

「ところで、あんまり手を抜かないでくださいよ」

えっ、と聞き返して、ああはい、と夕子はにっこりと微笑む。さすがオールラウンダー。若さゆえの傲慢《ごうまん》さがまぶしい。あんまり手を抜かなかったら、たぶんあと三十手くらいで詰ませてしまうかもしれないんだけどな。

「で、どうやったら強くなるんですか」

「そうだね。大局観《たいきょくかん》と先を読む力を養うことかな」

初段だというけれど、まだまだ手が荒かった。たぶん一日中家でやっているのは、ネットやアプリの将棋ゲームだろう。オンラインでマッチングされた相手と十分切れ負けや十秒将棋などで対戦するので、早指しの癖がついてしまい、しっかりと先を読もうとしなくなるのだ。

「タイキョクって……何でしたっけ」

「大局観……って的確な形勢判断を行う力のこと。ただ、正しく先を読めていないと大局観も意味がない。どっちも大事よ。自分がイメージした行き方で、自分がイメージしたところにちゃんとたどり着けるようにするの。電気のついていない真っ暗なトンネルの中を歩くのは不安だけど、足元灯みたいにうっすらとした光でも見通しが立っていれば進んでいけるでしょう。圭くんは、もう少し先を読むことに意識を向けるともっと強くなれると思うな。そのためには、やっぱり詰将棋をコツコツするのがいいんだよね」

「詰将棋か……たまにやるけど」

「たまにと言わず、毎日三手詰めを三問でいいから続けてみて。回りくどいようで一番の近道なの」

「ふうん」

「将棋ってね、駒に顔を近づけて指していたんじゃ強くなれない。少し離れた目線で見ることが大事でしょう。たとえば今、わたしは角で圭くんの金を取ることができてしまう」

夕子は7七にいる自分の角を軽くつまんで、3三に出ていた圭の金のところに寄ってみせる。

「げっ、やば」

角の睨みに気づいていなかったのか、圭は口を開けた。

「でも、ここでは取らないでおく。なぜならここであなたの金を取れば得をしたように思えるけど、全体の流れでみると、たいした得ではなく、結果的に損になるかもしれないと判断してのこと。それがわかるのは、わたしが盤から少し離れた目線で駒全体を見ているからなの」

「うーん」

「たとえば、桂馬を取らせて銀を取ったりすることもあるでしょう。ほかにも、序盤では歩すらも大事だけど、終盤では飛車を捨ててまでして詰ませるほうに仕向けることもあるよね。何が損で得なのかは、状況によって変わってくる。それって、自分の駒ばかり見ていてもわからない。相手の駒の動きを読んで、時には歩で歩をついたり角の交換をしたり、駒と駒でやりとりしながら見えてくるものなんだよね。そういうことも含めて……って難しいか」

うーん、と圭は首を横に振った。

「何となくわかる」

「だから、将棋が強くなるとコミュニケーション能力は高くなる」

「そうなの？」

「そうだよ。だから、この一年で圭くんが初段まで強くなれたってことは、もうコミュ障じゃなくなっている可能性があるんだよ」

やべー？　と言って、圭は小鼻を膨《ふく》らませると、少し照れくさそうににやけた。

今日はじめて笑った顔が見られて、夕子はほっとした。

手加減しないでくれと言われたが、いい勝負になるようにかなりコントロールしてあたかもこちらが劣勢《れっせい》のような局面を作りつつ、最後の最後で逆転して夕子は圭の玉を追い詰めた。

わざと負けたらきっと手を抜いたことを彼に見透かされる。そう思ってギリギリの勝負で勝つことにしたが、オールラウンダーだと豪語《ごうご》していた彼の目が見る見るうちに赤く膨らんで、しまった、と夕子は思う。

やっぱり負けてあげるべきだったかな。

子供相手の指導対局は、このさじ加減は難しい。

圭の目は充血していくが、それでも精一杯強がるように涙をこぼさずに見開いていた。

その後、感想戦をしていく。圭はきちんと対局を逆再生できた。夕子が思っていたエラーポイントにも気づき、ここはこうしたほうがよかったのか、と修正もできた。米倉先生のお眼鏡にかなうだけあって、たしかに筋がいい。

「どうだった？　勝てたか？」

だいたい感想戦が終わったところで、米倉先生が見計らったように近寄ってきた。

「負けた。悔しいから、次は勝つ！」

気持ちを入れ替えた表情で、圭くんは快活に答えた。

その声を聞きつけて、そばで対局していた男性陣が、どうだ、負けたのか、と言いながら寄ってくる。さすが将棋ファンたちは夕子のことを知っているらしく、俺も一局頼むよ、俺も俺も、と騒々しくなるので、ほらほら自分の将棋をやって、と米倉先生がうまく遠ざけてくれる。そう言われると素直なもので、またそれぞれの席で対局に戻るのだった。

「ごめんな、夕子ちゃん」

「いえ、大丈夫です」

夕子はそう言って、ふと改まった気持ちで周囲を眺めた。

世間話をしたり、厳しい局面なのかマイ扇子で頬を打ちながら首をひねったり、感想戦をしながら感心し合ったり、みんながとても楽しそうに将棋を指している。

どこにでもある風景だ。将棋スペースや公民館や大会に併設される自由対局のブースなどでも、将棋好きが将棋を指しているだけの、ごく当たり前のありふれた、これまでずっと将棋の世界に浸かってきた夕子には見慣れすぎているほど見てきた光景のはずだった。

それがなぜか、生まれてはじめて接したもののように夕子の目に映る。

そして、はたと思う。わたしはいつから、ここにいる人たちのように将棋を楽しめなくなってしまったのだろう。

「お姉さん、どうしたの？」

その声で、夕子は我に返る。圭がぼんやりしていた夕子を、どこか案じるように見ていた。

ううん、と夕子は答える。せっかくだし、もう一局しましょうか、と盤上の駒を一度ばらけさせた。圭も裏返っていた駒を表に直しつつ、最初の配置に並べ直すが、ときどき寄り道するように王将をつまんで眺めたりしていた。

「圭くんが、一番好きな駒は？」

駒を並べながら、夕子は何となく訊いた。うーん、と圭は軽く首を捻ってから、盤に転がっていた一枚を取ってみせた。

「やっぱ、角かな」

「へえ、どうして」

「強いし、斜め上を行くやつだし」

圭は手にした角行を突き出してみせた。

「まあ、かっこいいよね」

「お姉さんは？」

「わたしは、そうだな……歩、かな」

「えー？　歩？　なんで？」

「だって、たとえば大駒を落として戦うことはあるけど、歩なしでは戦えないじゃない。最後にけっきょく頼りになるのって、歩なんだよ」

夕子は持ち駒だった歩を指先でつまんで眺め、盤上に置く。とっさに口から出た答えだったた。歩にたいして、そんなふうに思っていた自分に少し驚きつつ、でもそうなんだよね、と一人納得する。

「昔は、飛車って言っていたのになー」

横から声がした。

戻ってきた米倉先生が夕子に言う。

「そうでしたっけ？」

「覚えてないか。君のご両親の店のカウンターで訊いたことがあった。夕子ちゃんは迷わず、飛車！　って答えたぞ。将棋を指していて疲れたのか突っ伏して眠っちまっても、飛車だけは、ぎゅっと握っていてさ」

あの店のカウンターで……。

あれ、何だろう？

今、美味しそうな匂いが鼻先をかすめた気がした。

自分の奥底から、蜘蛛《くも》の糸みたいに細くて光る記憶が這い上がってくる。

カウンターに突っ伏して眠っているわたし、誰かのおしゃべり、楽しげな笑い声。こんなところで寝ていないで、とたしなめるママの声。ゆすられて寝ぼけながらも体を起こしたら、何かが床に転がって、すると隣で飲んでいた米倉先生が椅子から下りて拾ってくれて。

——ほうら、大事なものが落ちたぞ。

わたしの手のひらにそれを握らせて。

あっ、思い出した。

「これは大事に可愛がりなさい。それは夕子ちゃん自身だから……って、先生が」

「そんなことを言ったっけな」

米倉先生は腕組みをし、窓の向こうのほうを見るように顔を上げる。

そうだった。まっすぐにどこまでも行ける飛車が好きで、それで将棋にのめり込んでいった。あの時の感覚がまざまざと蘇る。

勝つと楽しいから勝ちたかった。

負けたら悔しいから負けたくなかった。

単純すぎるくらい単純な気持ちで将棋を指していた。

ただ、それだけだった。

あの時に……。

今の自分の手を開いてみる。ぽっかりと少しくぼんだ手のひらをじっと見つめた。

「握りしめていた飛車は、どこに行っちゃったんでしょうね。いつのまにか、どこかに置いてきちゃったのかな」

「だから、今の君が握りしめているものは、これなんだろう」

米倉先生は盤に転がる、歩を一枚拾うと、夕子の手のひらに置いた。

「歩ですか」

言葉にならない感情が喉元までせり上がる。声がかすれた夕子を見ながら、さっき自分で言ったじゃないか、と先生は軽く笑った。

「今の夕子ちゃんが握りしめている歩は、きっと八歳の君が遊んでいた歩とは違う。いろんな局面を戦い抜いてきた勇敢な戦士《ソルジャー》なんだろう」

「……先生」

「もっと自信を持っていいんだよ。今までやってきたことは、すべて君の強さになっているんだから。飛車が好きだった君と今の君が違うのと同じように、まったく同じ場所に戻ることはできないかもしれない。でも、だったら今の君が、戻りたいと思える場所を作ればいいんじゃないか」

将棋が好きで好きでたまらなかったあの頃に、ずっと戻りたかった。

でも、そんなことは無理だ。わかっている。

だから必死で戦ってきた。わたしはもう八歳ではないし、大好物のだし巻き卵を作ってくれる人もいないし、うたた寝できるカウンターもない。

「わたしが……作るんですか」

「そうだよ。できるだろ？」

その声はいつだって試すようで、そしてどうしようもなく優しい。

奥に隠れているわたしを見つけて、おいでおいで、って手招いてくれた、あの頃と変わらない。

だから敵《かな》わない、この人には。やっぱりすべて見透かされている。

「もう……参りました」

そう呟いたら、わけもなく涙が溢れ出てきた。

こらえたくても、ずっと奥に押し止《とど》めていたものが堰《せき》を切ったように流れ出ていくようだった。

「お姉さん、大丈夫？」

向かいにいる圭のうろたえた声が耳に届く。恥ずかしくて情けなくて、塞《せ》きとめるように手の腹で瞼を押さえてみるのに、それでも泣けてしまう。

大丈夫だよ、ぜーんぜん、大丈夫だ、と米倉先生は圭に返事しながら、夕子の肩に手を置いた。

「あれだね、泣き方は子供の頃と変わっていないな」

そう言って、ほがらかに笑っている。

分厚い大きな手が、子供を寝かせるようなリズムで夕子の肩を叩く。ゆっくりと、一定のリズムで。

うたた寝で見る夢みたいなものを、夢見てもいいのかもしれない。小さな嗚咽を上げながら、夕子はそう思う。

13　穴熊

「詰んだな。参った」

オサダさんはさっぱりとした顔で言って、軽く頭を下げた。

「ありがとうございました」

ハルも頭を下げる。勝てたことが嬉しくてにやけた。

「強くなったな。あれ、俺が弱くなったのか」

「なかなかの接戦でしたよ」

ハルの横に立って観戦していた夕子さんは、そう言い残してカウンターの中に戻っていく。

「接戦だったんだ？　お父さんもやるじゃない」

オサダさんの隣に座っているカヨコさんにそう言われると、当たり前だろとオサダさんは言い返した。カヨコさんは、将棋のルールも知らないらしい。ずっとスマートフォンを見ていて、たまに盤の動きを気にしていた。

「でもな、俺は同じ攻め方ばっかりだが、ハルちゃんはどんどんいろんな動き方を覚えていく」

「若い人には勝てないのよ」

カヨコさんがそう言うと、いやなことを言うだろう、と言いたげにオサダさんは顔を歪めた。

オサダさんの膝は、暖かくなるにつれて良くなってきているようで、三月に入ってからまた夕子さんの店に来られるようになった。

「若いっていうが、ハルちゃんは何歳なんだっけ」

「十二」

「俺はその頃、疎開《そかい》で新潟《にいがた》の長岡《ながおか》にいたんだな」

オサダさんは掛けていた眼鏡をおもむろに外すと、目を眩しそうに細めて入り口のほうを向いた。

「親戚を頼って行って、食うものは困らなかったんだが、あっちの状況もひどいもんだった。その親戚の家は山の中腹にあったもんで、町が火の海になっていくのがよく見えてな、怖くて足が震えるんだが、目が離せなかった。きれいだったんだよ。まるで花火みたいだって思った。今のハルちゃんは、そういう年齢ってことだな」

ポケットからタオル地の青いハンカチを取り出すと、オサダさんは鼻の下を拭う。

「そういう年齢って？」

「心と頭が嚙み合わない年頃だってこと」

よくわからなくて首を傾げたハルを見て、オサダさんはにっこりと笑った。

「あっ、見て。歴代最多連勝の記録を更新だって」

カヨコさんがスマートフォンの画面が見えるように、テーブルの上に置く。ニュースサイトの記事のようで、最近注目されている中学生棋士の男の子の顔写真が出ていた。

「誰もが天才じゃないが、天才だって天才なりに苦しんでいるという意味では、みんな同じだ。来週から中学校なんだろう。いろいろと変わるだろうが、焦らんようにな。あんたのペースで」

「そっか、ハルちゃん、中学生か。入学式は済んだの？」

「明後日です」

そう答えると、うわ、楽しみだー、と自分ごとのようにカヨコさんは嬉しそうな声を上げた。

「でも、仲の良い友達と離れちゃったりもするのかな」

「まあ、ですね」

「ちょっと寂しい？」

カヨコさんの言葉に、ハルは曖昧に笑っておく。

一度はダメになりかけた四人組だったけれど、コッシーと仲直りできたことで、セイラとカナとも元のように戻れた。三学期には、残りわずかしか一緒にいられないという気持ちがあって、前よりもずっと三人のことを大事に思えた。コッシーとセイラは私立に進学して、ハルとカナは公立だけど学区が違うので別の学校に通うことになる。仲良しの三人とは離れてしまう代わりに、山際さんと権藤さんとも離れられた。

山際さんはお父さんの仕事の都合でシンガポールに引っ越すようで、権藤さんはサッカーでお世話になっているコーチが教えている公立に越境するらしい。

地区が近かった山際さんと権藤さんとは同じ中学になると思っていたから、心底安心した。三学期になってまた四人でいるようになると、山際さんのグループにあからさまなほど嫌な目を向けられていたからだ。

べつに悪いことをしているわけではないし、何かを言われる筋合いもない。それは向こうもわかっているのか、面と向かって言ってくることはなかった。二学期のあの一件みたいに、コッシーやセイラとバトルにならないでよかったと思うものの、まるでその場にいないように扱われるのも、それはそれでめいることもあった。

だけど、もうたいして気にならなかった。白い目で見られるというけど、本当に冷ややかな目というのは濁《にご》った泥水の上澄《うわず》みみたいに、澱《よど》んでいるのに透明なんだなって、妙に冷静に受け止められた。

いつも四人でいたことが、もうすぐ当たり前じゃなくなる。残された時間は一日、一日と消えていく。卒業したらさようならの人たちにかかわってらんないしさと、コッシーとセイラとカナとも言い合った。

「中学になっても地元はここなんだし、いつだって集《つど》おうと思えば集えるもんだから、なあ」

励ますように、オサダさんが言う。

「卒業しても週一ペースで会おうって言ってるよ」

ハルは答えた。

「さよならの前の時間帯って、案外悪いものじゃないものよね」

いつの間にか、横に夕子さんが立っていた。グラスに麦茶を足してくれる。

「さよならの前？」

「もうお別れだと思ったら、たいていのことをチャラにして、それまでの時間をいつくしめるっていうのかな。そういうたくましさが人間には備わっているから……とくに若いうちは」

そういうものなんだ。だから最後の一カ月なんて、どうでもいいことで脇腹が痛くなるくらい笑ってばかりいたのか。

たしかに心の中では、みんなわかっているのだと思う。きっと新しい場所で、それぞれ新しい友達ができるということを。たぶん、それでいいんだ。そんなふうに思ったら、ちょっと心に舞い込みそうになった不安が煙みたいになくなって、スッと晴れた。

終盤になって指すべき手が見えてくるように、ぼんやりと霞んでいた未来が見えてきたようだった。

見通しがいいというのは大事らしい。

ずっと、怖がっていたのかもしれない。

どんどん自分自身が、体が、心が、勝手に変わってしまうことに。

どんどん友達も大人たちも、姿を変えていくことに。

そういう不安が、寝ている間にせっせと働く妖精となって、自分の髪の毛を一本、二本と、抜いていたのかもしれない。

考えてみれば、変わっていくことは今にはじまったわけではない。変わっていくことに気づかないくらい、自分が幼かっただけなのだ。

その時、店の扉が開いた。

黒い詰襟《つめえり》の制服を着た浅見くんが、少しおどおどした顔で入ってきた。

「いらっしゃい」

夕子さんに声をかけられ、浅見くんは亀みたいに首を出すようにお辞儀する。まさに今日、入学式だった人だ。

「やっと来た」

「急に呼び出しておいて、やっとはないだろう」

ハルのそばに来て、浅見くんは不満げに言い返す。

「ごめんごめん」

「いきなりびっくりした。将棋やろうって」

小学校の卒業式の日のことだった。一局でいいから、将棋の相手をしてほしいとお願いした。

「浅見くんに勝つっていうのがひそかな目標だったから。それを果たせないと、ちゃんと卒業できないよ」

そして、ついにその日が来た。

「君か、ハルちゃんのライバル」

オサダさんはぼうっと突っ立っている浅見くんを見上げる。うん？　と浅見くんは唇を尖らせた。ライバルと言われても、彼はそんなことを少しも思っていないから意味がわからないのだろう。

「お父さん、こっちに移りましょうよ」

「あっ、大丈夫です」

ハルは慌てて止めたけれど、カヨコさんは隣のテーブルに移る。そうだな、とオサダさんも動いてくれた。そんな様子を見ても、すみません、と言うわけでもなく浅見くんは、今にも天井に向かってぶつぶつと言い出しそうにぼうっと突っ立ったまま。大きめの詰襟を着て少し大人びて見えたけれど、いつもの浅見くんだ。ハルは一人で笑ってしまう。私立の男子校に進学する詰襟姿の浅見くんを改めて見て、本当に不思議な人だなと思う。

彼が受験するなんて知らなかった。中学受験する子はほとんど二月一日に休むので、ああ、あの子も受験するんだとわかるのだが、浅見くんも欠席していて、その時にはじめて知ったのだ。

だいたい受験するメンバーは、追い込みの勉強をするために一月の授業にはほとんど出ないけれど、浅見くんはその前日にも普通に学校に来ていたし、部活も休んでいなかったから、てっきり公立組なんだと思い込んでいた。

それから数日後に受験組はどこに受かったとか言い合っていて、全員の進学先を調べていた男子が浅見くんにも聞き出し、S中ってすげえ、と言っているのが耳に入った。ハルは私立の男子校についてよく知らないが、コッシーいわく、偏差値六十以上でけっこうな難関校とのことだ。いったいいつ勉強をしていたのか謎だった。隠れて必死で勉強しているタイプでもないのに、難関校にポンっと合格してしまう浅見くんはやっぱり変人だ。

ハルちゃん、ちょっと、と夕子さんに呼ばれてハルはカウンターの中に入る。

「頭の布、少し緩いように見えるんだけど」

そう言われて結び目を触ってみると、たしかに緩んでいた。

「ほんとだ」

対局中に解けたら大変だ。やり直しておこうと店の奥に行くと、後ろから夕子さんもついて入って来た。

「久しぶりに、わたしが直してあげる」

「ほんと？」

ハルは階段の三段目に座り、夕子さんに背を向ける。ピンク色のターバンを夕子さんの手に外されると、頭に風が通り抜けた。

あっ、と夕子さんが小さく感嘆した。

「うぶ毛！」

「そうなの。やっと、ちょっとずつ」

「うわ、よかったね！」

ひと月ほど前に、禿げていたところに細いうぶ毛がひょろひょろと生えはじめているのに気づいて、それから毎晩成長を見守っている。まだ細くてまばらだが、ぽっかりと白く空いていたスペースはうっすらと黒く見えるほどにまでなっていた。

「新学期からウィッグが取れたらいいなって期待してたんだけど」

「本当にもうちょっとだ。焦らなくていいよ。オサダさんもそう言ったじゃない」

夕子さんの柔らかくて冷たい手が、生まれたての子猫に触れるように、ハルの頭をそっと優しく撫でた。

エアコンの暖かな空気が届かないここは、少し寒いくらい。上のほうにある小窓から差し込む日が当たる頬だけに暖かさを感じる。

「わたしの実家、お店をやっていたって話したことがあったでしょう」

ふいに夕子さんは話し出した。

「うん、夕子さんがお店で育ったって」

「わたしはデザート担当で、お店で作業をする時には、いつも母がこんなふうに頭に布を巻いてくれたんだ。で、母も同じようにしていたのよ」

「そうなんだ？　お母さんの真似だったの？」

ハルがそう言うと、だね、と夕子さんは笑った。

「だからさ、こういうふうにハルちゃんの頭に布を巻いていると、わたしも懐かしい気持ちになれていたんだよね」

「夕子さんのお母さんって、どんな人だった？　似てる？」

「そうだな、顔は父似ってよく言われるけど、性格や趣味は母譲《ゆず》りかな。ふわふわのだし巻き卵を作るのがとっても上手だった」

「おいしそう！　食べてみたいな」

夕子さんに作ってもらいたいという気持ちでそう言った。今度作るよ、と言ってくれそうだと思ったけれど、夕子さんはそう言わなかった。

「中学になっても来てよね。ウィッグを卒業しても、たまにこうして頭に布を巻かせてほしいから」

一つ頷いてから、ハルは視線を動かして階段の上のほうを見た。そこは小窓がほのかな明るさをもたらしているだけで、奥のほうまで見えない。日当たりがよすぎる店内とは違って、どんなに天気がいい日でもぼんやりと暗い。二階には行ったことがないハルは、あの仄暗《ほのぐら》い中に、このお店では見せない夕子さんがいるのだろうと想像した。自分が知らない夕子さんがいるように思えた。

「さあ、浅見くんには勝てるかな。穴熊対抗策、ちゃんと頭に入ってる？」

夕子さんはそう言って、ハルの気持ちまで引き締めるようにぎゅっと強く頭の布を縛る。

ハルは目を瞑った。

イメージしてみる。

先手はハルだとして、角道を開け、飛車を振る。四間飛車で攻めたい。浅見くんはきっと、同じく角道を開けて、次に飛車先を伸ばすだろう。居飛車で攻めてくるはずだから、玉は角のほうへ動く。得意の穴熊を組むつもりなのだ。

だから、端歩を突こう。それから角をひとつ上げてから、左右の銀も上げる。左の金を玉の前に置く。

夕子さんが教えてくれたのだ。

――三匹の子豚で狼《おおかみ》を退治するのは、頑丈なレンガの家を作った三番目の子豚だったけど、あれは狼の作戦ミスよ。一番上の子豚の藁《わら》の家と二番目の子豚の木の家を壊しているうちに、三番目の子豚の家は完成したから崩せなかった。もしもまず、三番目の子豚の家を襲っていたら、どうだった？　レンガの家は完成するのに時間がかかる。その前に崩してしまえばよかったの。穴熊ってね、レンガの家なのよ。だから、完成する前に攻めるの。スピードが大事。一手も無駄にはできない。

夕子さんが教えてくれたタイミングで桂馬をはねる。一手も無駄にせずに、桂馬を向こうの陣地に飛び込ませられるはずだ。

夕子さんが言っていた。将棋で勝つためにも、夢を見ることからはじまる。

相手の王様を追い詰める未来を想像する。

その夢を実現していくために、一手、一手指していく。

自分の思うように生きていくのも、同じなのだと。

ハルは目を開けた。

「イメージできたよ」

「よし。じゃあ、行ってこい」

背中を軽く叩かれて、ハルは立ち上がって店内に戻る。

浅見くんはいつものようにぼうっとしながら斜め上のほうを見ていた。盤の上には、まだ何もはじまっていないように駒が整然と並んでいる。

大丈夫、きっと勝てるはず。

未来はちゃんと想像できているから。

夕子

将棋連盟に退会の届けを提出して、すぐに物件探しをはじめた。

それと並行してカフェをはじめたい人の本やワークショップで基本的な知識を得て、お金のあれこれを勘定し、夢を現実に落とし込んでいく。たどり着きたい場所をイメージし、そこにたどり着くまでの道を思い描く。何度も盤上で繰り返しやってきたアプローチが、現実で活かされる。

米倉先生が言ってくれたとおり、今までやってきたことは、すべてわたしの強さになっている。夕子はそう実感することで、なくしていた自信も取り戻せるような気がした。

物件を探しはじめて三カ月、中央線沿いの不動産屋をいくつか回っていた中で、昭和の頃にできた空き店舗《てんぽ》に出会った。何十年と海苔《のり》などの乾物屋をやっていたという一階部分はかなり古いものの店として使いやすい仕様で、以前は物置として使っていた二階部分は居住スペースになっていた。

ここなら住みながら店をやれる。古くて駅から少し歩くことを加味しても理想的なところで、少し大げさにいえば運命的な出会いだと感じた。

店名もほとんど迷うことなく決めた。


「うおー、作ってる途中のお店ってわくわくするね」

背後で声がして、夕子はしゃがんだ体勢のまま首を後ろに捻る。まだ戸が付いていない入り口のところで、朋花が両手を腰に当てて作りかけの店内を見回していた。

「まだまだ途中でしょう。これでも少しはカフェっぽくなったんだけど」

いらっしゃい、の代わりに夕子はそう言い返した。よう、と朋花は片手を上げて応える。いつもと変わらない所作のようで、どことなくぎこちない表情にも見えた。

将棋会館に通うことがなくなったこともあり、朋花に会うのはかなり久しぶりだった。正直、夕子は少し避けていた。最後に会ったのは、退会の届けを出した翌日だった。

朋花は意外なほど驚かなかった。バカじゃないの、なんで辞めちゃうのよ、少し休めばいいだけの話じゃないの……そんなふうに怒られるんじゃないかと想像していた夕子にしてみれば、肩透かしをくらったようだったが、でも、そっか、と腑にも落ちた。米倉先生と同じく、ずっとそばにいた朋花にも見透かされていたということだった。

きっぱりと決断を下したわりに、その時にはまだこれからのことが何も決まっておらず、体の主要な臓器がぽっかり抜き取られたような感覚に、夕子は一人陥《おちい》っていた。そんな状態だったから、朋花に話せることなど何もなく、朋花は朋花でかける言葉がなかったのだろう、どことなく気まずく別れたままだった。

「天井、高くていいね」

朋花が言う。

「もともとあった古い天井を引き剝《は》がして、梁《はり》はそのままに白いクロスを貼り直したの。そっちのほうが広々としていいかなって。土間《どま》にも白木を敷く予定なんだ」

そして今、ひび割れた土壁を剝いだところに、自分で漆喰《しっくい》を塗っている。

「こうやって手作りでしていくと、自分の場所って思えるだろうね」

「そうなんだよね」

「じゃ、さっそくやりますか」

そう言って、朋花はリュックを端っこに置くと夕子の隣に並んだ。じゃあ、これ、とエプロンと軍手をつけさせてから、泥状の白い漆喰が入った小さなバケツとロールを手渡した。

「ロールを転がしてネタが均一になるように塗ってね」

「変になったらどうしよう。責任重大だな」

「大丈夫、そんなに難しくない。それよりこっちこそ悪いね、こんな地道な作業を手伝わしちゃって」

ようやく店が形になってきて、夕子は少し緊張しながら朋花にメッセージを送ったのだ。できたばかりの看板の画像とともに、住所を書いて。いつものようにすぐに既読がついた。

——今度の火曜日、休みだから手伝いに行ってもいい？

およそ九カ月ぶりのやりとりだった。

「休みっていっても、とくにやることなくて暇してたからありがたいくらい。ねえ、このあたり塗っていいの？」

「そうだね。わたしは下を塗るから上のほうお願い」

ラジャ、と潔《いさぎよ》く言ったものの、朋花の手つきはおっかなびっくりで、夕子はひそかに笑う。まだエアコンもついていないものだから、戸もない屋内には乾いた冷気が吹き抜けていくのに、ずっと立ったりしゃがんだり手を動かしているせいか首のあたりがじわっと汗ばんでいた。

「夕子」

子供みたいに気の抜けた声で、朋花が呼ぶ。

「うーん」

それで夕子も、子供みたいに間の抜けた返事をした。

「いいと思うよ」

「何が？　この壁？」

「ううん。それもだけど、お店の名前」

そう言われて、ああ、と夕子は朋花を見上げる。ダウンコートの上に百均で買った花柄のエプロンを着けた朋花は、一途な眼差しでロールを転がしながら続けた。

「店名を聞いて、ほっとしたんだ。っていうか……けっこう、救われた」

「えっ?」

救われたのが誰なのかがわからず、夕子は小さく声を上げた。

「夕子は将棋から逃げるわけじゃないんだって、わかったら、ほんと、救われたような気持ちになった。ほら、ずっと一緒に将棋してきたじゃん、あたしたち。夕子と将棋してきた記憶って、たぶんあたしが自分で思っている以上にかけがえのないものだったんだね。だから、夕子に引退するって報告された時、何だろうな、あたしたちの関係も絶ち切られるようで、ショックというか、魂抜かれた状態っていうか。だからさ、ごめん。しばらく連絡しないで」

「何言ってるのよ、こっちこそごめん。てっきり嫌われちゃったかなと思って、わたしからも連絡しにくくて」

「嫌いに? なるわけないじゃん。だってあたしが一度将棋を辞めた時、夕子はあたしを嫌いになったりしなかったでしょう。むしろ泣けちゃうようなことを言ってくれたの、覚えてる?」

「うん……たぶん」

本当はたぶんではなく、はっきりと覚えていた。それまでずっと一緒に戦ってきた朋花だから、てっきり自分と同じくプロを目指していくのだと信じていたわけで、そんな親友の「将棋辞める、受験に専念する」という言葉は、夕子にとって衝撃的なものだった。だから、忘れるわけがない。

あの時、朋花はこう言ったのだ。

――あたしの分まで頑張ってよ。

あきらかに無理をしているように明るく笑いながら、夕子の肩を軽く叩いた。

どう返事をするべきか、夕子は数秒のうちに考えを巡らせた。正直な自分の気持ちは、辞めないでほしい。だけど、それは言ってはいけないとわかった。この親友が将棋にどれほどの時間を費やしてきたか、情熱を傾けてきたかを知っているから、相当に悩み抜いて決めたことなのだとわかる。だから、たんなる自分の淋しさで引き止めてはいけない。

それで夕子はこう言ったのだ。

――あたしの分……って、朋花の分なんてないでしょう。そんな言い方をしたら、まるで朋花がやり残したまま辞めるみたいに聞こえるよ。朋花はやりきったんだよ。わたしは、わたしの分を精一杯やるし、朋花はこれからも自分の分を頑張ってよ。

夕子の言葉を聞いていた朋花の顔も、はっきりと思い出せる。泣き出しそうなのをこらえるように唇を強く結んで、かろうじて口角を上げてみせた幼さの残る顔。

「正直、あの時のあたしは、やりきったというよりも逃げたかったわけよ」

過去の自分が見えているみたいに、朋花は塗っている壁をまんじりと見ながら打ち明けた。

「自分が一番わかっていたから負い目もあって、なのにさ、夕子がそんなふうに言ってくれて、すごく嬉しかった。それまでがむしゃらにやってきた時間が報われたように思えたんだ」

カシャン、カシャン、という音が夕子の脳裏に蘇る。

チェスクロックを叩く音。

子供の頃に出た大会で、朋花と指し合った盤上までも浮かんできた。熟考とか先を読むという教えを軽く飛び越えるほどに負けん気が先走って、十秒ほどで差し合うような早指しの対局ばかりだった。とてつもない熱量を消費して、勝てばとてつもなく嬉しくて、負けたらとてつもなく悔しい、そういう対局ばかりだった。

「わたしにとってもかけがえのない日々だったな」

夕子も目の前の壁の向こうを見るような目になる。

「だからさ、その時のご恩みたいなものもあるから、ここで返させてもらわないと。いつか言っていた夢なんでしょう、この場所が」

朋花はそう言って、力強く手を動かしていた。

急に辺りが明るくなり、夕子は見渡す。大きな雲が動いたのか、ガラス張りの窓から日が差し込んだ。

「ちょっと出てきたかな、太陽」

「ここは日当たりだけはいいんだよ」

軍手のまま汗ばんだ前髪を払った夕子のこめかみに、うっすらと汗が滲んだ。隣でおかしいくらい真面目な顔をして壁を均《なら》している朋花の頬にも汗が一筋流れていた。たった今塗りつけたばかりの漆喰が、日差しに照らされている。神々しいまでに光っている。

そんなふうにして、夕子の店ははじまったのだ。

イーゼル型の看板を外に出してシャッターを開け、大きな窓を乾いた布で拭き、店の前を箒《ほうき》で掃いていると、この頃になってようやく近所の店のオーナーさんやお客さんに声をかけてもらえるようになった。おはよう、今日も暑いね、などと声を交わすたびに、何かに背中を押してもらっているようだった。

準備が整ったら、頭に布を巻く。実家の母のクローゼットにあったものだけで十枚ほどあった。どれもちょうどいい大きさで、丈夫で、今の夕子がつけても古臭くない。まるで夕子がいつか受け継ぐことを知っていたかのように、泰然《たいぜん》とした佇まいで残された布たち。それを頭に巻くと、母のそばでデザートを担当していた頃の、みそっかすなりに任されたことはちゃんとやる、という気概を持った子供の自分に戻れるようにも感じられるのだった。

ただ、ここは過去の記憶の場所じゃない。だから自分のカフェをはじめるにあたって、だし巻き卵を出す店にしない、というのも決めていた。母のようなだし巻き卵は作れないし、記憶の中の光景を再現したいわけでもない。

今のわたしが作る、戻りたい場所にする。

店を軌道に乗せることは簡単ではなかった。予想していたこととはいえ、ランチに客が一人も来ない日にはぞっとした。それでも応援してくれる人もいて、女流棋士としての夕子も知っていて店に野菜を卸してくれている長田《おさだ》さんは、ほとんど毎日、律儀《りちぎ》に通ってくれるのだった。

いつまで経っても閑古鳥が啼いている店内で、どうしたものかとため息をつく夕子に長田さんは繰り返し言ってくれた。

「焦らんでいいんだ、あんたのペースでやっていけばいい」

それは呪文《じゅもん》みたいだった。

冒険ははじまったばかり。まだ先に続く道のりは長い。というか、あっけなくログアウトするかもしれないし、自分で想像しているよりもずっと長く続いていくかもしれない。

どこまであるのかもわからない道のりの、最初の扉を開けるための呪文が長田さんの言葉だった。

まだラスボスも出てこないくらい、本当にはじまったばかり。


九月最初の日。

ランチに三人の客が来て、いつものようにアイドリングタイムもなく店を開けていると、店の前に立つ人影に気づいた。

頭の位置が低く、すぐに子供だとわかった。

つるんと丸い髪を首のあたりで揃えた女の子が、看板に描かれた店のマーク、将棋の歩のイラストを、つたない手つきでなぞっていた。

向こうもこちらの視線に気づき、一瞬ぎょっとした顔をした。

その表情がかわいらしく、おいで、と手招いた。米倉先生が呼んでくれたように。道の端っこで警戒している猫を呼ぶように。

夕子は女の子に近寄り、店の扉を開けた。

「この通り、バスが通るから」

そう言って、女の子の自転車を引き寄せた。

「おうち、近くなの？」

そう訊いたのが彼女の耳に届いたのかいないのか、思いの外強い眼差しを向けた。

「指せるんですか？」

その子が人差し指と中指を立ててこちらに向けた。まさか女流棋士、神部夕子を知っている？

「わたしが？」

「将棋の『歩』ですよね？」

ここで将棋を指せるかという質問だったのか。自意識過剰《じいしきかじょう》に受け取ってしまった自分が恥ずかしくなって、夕子は照れ笑いでごまかした。

「一局どうですか」

「でも、お金が……」

そう言うので、いらないよ、というように首を横に振ってみせたら、見開いた目がきらんと光った。

「どうぞ」

こっちにおいで。

夕子は念を送るような視線を送ってから、先に中に入った。

さあ、こっちにおいで。

振り返ると、それでもまだ女の子は店の外でもじもじとしていた。

「あっ、ねえ。好きな駒は？」

不意打ちの問いかけに、ほとんど反射的に、彼女は前のめりになった。

「飛車」

潔いまでに迷いのない言い方だった。やっぱり、そうだ。絶対にそう言うと思ったよ。

「そうなんだよね」

夕子の返事に、うん？　と小さなショートボブの頭が傾く。

スニーカーを履いた小さな足が、店の中に向かう。

それを迎えるかのように、木の扉が小さな音を立てた。

エアコンの風が一輪挿《ざ》しの小さなアイビーを揺らしている。涼しい空気を響かせるようにシューベルトが流れている。オーブンで焼いているマドレーヌの甘いバターの香りが漂っている。

そして二人は向かい合い、八十一マスの小さな盤を挟んだ。

あとがき

小児脱毛症でウィッグを被《かぶ》って学校に通わなくてはならなくなった、この物語の主人公ハルと同じように、じつはわたし自身もウィッグ生活を一年ほど送ったことがあった。薬の副作用による脱毛だったのだが、ウィッグ選びというのは服と違って選択肢が少ないので、なかなか難しかった。良いものはけっこう高額で、もちろんそれだけあって、一見しただけではウィッグだとわからない。髪の悩みを抱えている者としては、たいへんありがたかった。

とはいえ、生活するにあたって厄介なことが多くて苦労したものだ。

まず、とにかく痒《かゆ》い！　以前シャンプーのCMで「頭皮は汗っかき」なんてフレーズがあったのだが、本当にそう！

また、ウィッグの下にインナーを被ってずれないようにするのだけど、何かに引っ掛けたりするとクルンとあらぬ方を向いてしまうことがある。

ウィッグだとばれたからといって、べつに悪いことをしているわけではないのだからいいじゃないの？　そうなのだ。頭ではそうわかっている。それなのに、恥ずかしいことを隠して生きているような後ろめたさを感じてしまう。「わたしって弱々だな……」と情けなくもなった。でも、人間ってそんなに強くできていないんだよね。

　ウィッグ生活の日々で、わたしは小学校時代のウィッグを被っていた同級生の女の子のことをよく思い出した。クラスも違ったし、話したこともなかった。どうしてウィッグだと知ったのかというと、噂になっていたからだ。

　今思うと、いたって健康そうだったし、小児脱毛症だったのだろう。同級生たちの好奇の目にさらされていたはずだったが、彼女はいつもニコニコしていた。色白でほっぺたがふわんとしていて、とてもかわいく笑う子だった。

　ニコニコしていたけれど、それなりに大変だったんだろうな。三十年以上の時を経て、その子と心を通わせることができた気がした。こんなにも記憶しているのだから、わたしは彼女と友達になりたかったのかもしれない。そんなことに気づく中で、本作『竜になれ、馬になれ』が生まれた。

　将棋を織り交ぜたのは、息子が所属していた将棋部の世話役を任せられて、一年間子どもたちの姿を見る機会があったからだ。

将棋は頭が良くなるなんて言われることが多いが、むしろ鍛えられるのは、「頭」よりも「心」じゃないかと思う。

ウィッグ生活を余儀なくされている女の子の心が、将棋を通じて強くなっていく。そういう物語を描いてみようと思った。

忙しすぎる今の世界、心身を削られてしまうような日常の中で、避難場所《サンクチユアリー》を見つけられるかどうかは、子どもにとって死活問題だろう（いや、大人だってそうだ）。

誰かに、何かに、急《せ》かされている目まぐるしさから弾き飛ばされ、立ち尽くしている子がいたら、

「こっちだよ」

そっと戸を開けて、呼び入れてくれる大人がいる世界がいい。

将棋でいう「端歩を突く」ような時間帯が、人生には必要だったりするものだ。

執筆するにあたり、高橋和《たかはしやまと》女流三段、塚田恵梨花《つかだえりか》女流二段には多くの助言をいただきました。囲碁・将棋スペース『棋樂《きらく》』での指導対局の中で先崎学《せんざきまなぶ》九段のお話からもたくさんのヒントを頂戴いたしました。この場を借りて、篤くお礼を申し上げます。また将棋スペース『将棋《しようぎ》の森《もり》』はじめ、見学させていただいた子どもたち、みんな、ありがとうございました。

単行本と文庫本ともにお力添えいただいた、装丁デザインのアルビレオさん、装画の植田たてりさん、光文社の深草千尋さん、光英麻季さん、そしてこの物語を手にとってくださったあなたに、心から感謝いたします。

二〇二三年七月

尾崎英子

参考文献

『女流棋士』高橋 和／講談社文庫
『頭の良い子は将棋で育つ』高橋 和／幻冬舎新書
『職業、女流棋士』香川愛生／マイナビ新書
『迷いながら、強くなる』羽生善治／三笠書房
『ステップアップ詰将棋3手・5手・7手』青野照市／成美堂出版
『心身症 身体の病からみたこころの病』高尾龍雄 編著／ミネルヴァ書房

二〇一九年十二月　光文社刊

光文社文庫

竜《りゅう》になれ、馬《うま》になれ
著者　尾《お》崎《ざき》英《えい》子《こ》

2023年8月20日　初版1刷発行

発行者　三宅貴久
印刷　堀内印刷
製本　榎本製本

発行所　株式会社　光文社
〒112-8011　東京都文京区音羽1-16-6
電話（03）5395-8147　編集部
8116　書籍販売部
8125　業務部

ISBN978-4-334-10007-0　Printed in Japan

組版　萩原印刷